coleccionista de amor

Relatos desde el corazón de una mujer

JUDITH GLYNN

Publicado por Fox Point Press
foxpointpress.com

Diseño del libro por Infinitum Limited

ISBN 978-0-9834595-2-1
Por favor, visite el sitio:
judithglynn.com

Este libro está dedicado al difunto John M. Roderick, un talentoso profesor que guió mis primeros intentos por escribir una historia. Gracias, John, por tu paciencia, tacto, capacidad y amistad.

Agradecimientos

Un autor inicia un viaje interno cuando convierte las páginas en blanco en un libro, pero otras personas también contribuyen a la obra, muchas veces de manera inconsciente.

Doy las gracias a mis hijos. Sin la libertad y el amor incondicional que me ofrecen, estaría perdida. Extiendo mi profundad gratitud a Peggy Smith y Peggie Anderson por su apoyo temprano. La infinita amistad y los ánimos de Pilar Vico para que siguiera escribiendo, mantuvieron viva esta historia. Otras grandes damas que me espolearon fueron Linda Ayares, Joan Bankemper y Diane J. Findlay. Y a Basil Northam, un hombre sin igual, por su sabiduría, su humor y su profunda amistad.

Un escritor se tambalea sin colegas. Ron Stodghill me dijo que llevara conmigo una caja de herramientas llena de diálogo, descripción, exposición y caracterización cuando escribiera. Las habilidades para la edición de Terri Valentine dieron forma al manuscrito. Las correcciones de Jeannie Friedman parecían hormigas rojas cruzando las páginas.

Quiero dar las gracias a Alvaro Montero por su habilidad para escuchar mi voz de escritora americana y traducirla al español.

Por último, un escritor necesita inspiración. Por ello, agradezco al Universo.

CAPÍTULO UNO

PARA LEAH LYNCH NO ERA INUSUAL devolver el apretón de manos a su compañero de asiento. Lo había hecho antes con otros desconocidos, sobre todo en vuelos largos. A menudo lo casual del gesto daba pie a una conversación interesante. En esta ocasión, el avión despegaría en Nueva York, atravesaría los oscuros cielos del Atlántico y aterrizaría en Madrid a la mañana siguiente.

—Hola, soy Miguel Santiago —dijo su compañero de asiento, extendiendo la mano. Hasta ese momento apenas le había prestado atención—. Gran noche para volar, ¿verdad?

—Una noche perfecta. Encantada de conocerte. Me llamo Leah Lynch —dijo, devolviendo su firme apretón de manos.

Una vibración desconcertante la estremeció de la cabeza a los pies cuando sus ojos se encontraron. Pero Leah no reaccionó visiblemente a su tacto o a la intensidad que sintió. Se limitó a devolverle la sonrisa, deslizar la mano separándola de la suya y girarse para volver a ordenar los artículos en el bolsillo de su asiento.

—¿Primer viaje a España? —preguntó él, y enderezó su asiento mientras las azafatas cerraban los portaequipajes elevados.

—No, he hecho este viaje muchas veces —dijo ella, fascinada

1

por el fulgor sexual que irradiaba aquel hombre.

El rostro color aceituna de Miguel, con esa sonrisa de oreja a oreja, era un placer para la vista. Algunos cabellos grises moteaban su denso pelo castaño peinado hacia atrás con suaves rizos que apenas rozaban el cuello de su camisa almidonada de raya diplomática. Sus penetrantes y fogosos ojos castaños complementaban una mirada tremendamente atractiva. Un aura profesional le rodeaba. Todas las personas de éxito comparten ese rasgo inconfundible. Calculó que su edad debía ser de unos cincuenta y pico, similar a la suya. Su voz era un profundo barítono, del tipo que se escucha en los anuncios persuasivos. A cualquier mujer receptiva le encantaría una llamada erótica suya a las dos de la mañana, preguntando si le gustaría tener un invitado para el resto de la noche.

—Por favor, eleve su asiento —le dijo la azafata a Leah, devolviéndola a la realidad del momento.

Leah obedeció y se preparó para el largo vuelo quitándose los zapatos y poniéndose unos finos calcetines marrones de la aerolínea. Acostumbrada a volar y visitar España, había escrito artículos de viaje y populares novelas románticas que tenían el país como escenario. Años atrás había vivido en Madrid y desde entonces había regresado en varias ocasiones. Los antiguos edificios de piedra, la intensa luz del sol, la pureza de la luz de la luna y la sensual delicadeza del país, calmaban y excitaban su alma al mismo tiempo. Sin embargo, independientemente del propósito de la visita, el placer del romance siempre estaba presente. Ya fuera simplemente coqueteando con hombres, haciendo el amor o disfrutando con su presencia, España y ella se entendían. España era su Meca.

Sin embargo, este viaje de tres semanas a Madrid le generaba una ansiedad que no podía evitar ni explicar. Cuando llegó la limusina para llevarla al aeropuerto, ella ya estaba esperando frente al edificio de su apartamento. Casi siempre que habían venido a recogerla (había dejado de utilizar el taxi y prefería el lujo de una limusina), había hecho esperar al conductor. En esta ocasión, el chofer salió del coche cuando la vio, colocó sus dos maletas en el maletero y le abrió la puerta para que se deslizara al asiento trasero de cuero.

—Solo por confirmar, señora. ¿Salidas internacionales del aeropuerto Newark? —preguntó por encima del hombro, antes de sumergirse en el tráfico.

—Eso es —dijo ella, comprobando su documentación de viaje, una vez más.

Leah se veía invadida por una sensación de aventura siempre que volaba. Mientras los motores rugían aumentando la velocidad y los pasajeros guardaban silencio poco a poco, sintió que aquella noche no era una excepción. Cuando el avión entró en la pista de despegue, miró por la ventana ovalada para ver los edificios recortados en el horizonte, iluminados a contraluz por un atardecer carmesí. Nueva York había sido su hogar durante muchos años. Sin embargo, necesitaba la soledad que iba a rodearla en España —sobretodo porque apenas hablaba español— para ocuparse de su agenda mental y alcanzar un nivel más profundo de auto evaluación.

Las décadas de libertad desde su divorcio le habían proporcionado muchos momentos de risa y diversión, un sexo increíble, incluso un breve noviazgo; pero ese estilo de vida quedaba ahora atrás. Aunque había jurado no volver a casarse nunca, un amante y compañero entregado era una meta más realista, ahora que recorría la madurez. "Cambia tus pensamientos para cambiar tu vida." Éste era su nuevo lema.

Por otra parte, estaba la boda de su hija Dana. A Leah le aterrorizaba el acontecimiento inminente. Significaba un regreso a su ciudad natal de Rhode Island. Su divorcio de Jim, el padre de Dana, era parte de un pasado ya cicatrizado y él se había vuelto a casar. Leah, sin embargo, acudiría sola a la boda. Muchos conocidos de la ciudad se cuestionarían su éxito y sus opiniones mundanas, sin un hombre a su lado.

El último aliciente en su consciencia respecto al viaje a España —de hecho era el primero, pero no podía admitirlo— era ver de nuevo a Javier después de un largo paréntesis. Habían compartido una ardiente aventura cuando Leah vivió en Madrid después de su divorcio y habían mantenido el contacto a lo largo de los años. Cuando Javier supo de su próximo viaje a Madrid, le preguntó si pasaría una noche con él en Salamanca. La hermosa ciudad medieval estaba a tres horas en coche de Madrid.

—Reservaré dos habitaciones. Tú decides dónde quieres dormir. Tenemos mucho de qué hablar después de todos estos años. Quiero que sepas que aún te tengo en el corazón –dijo él.

—Ahora todo es diferente entre nosotros, ¿verdad? —dijo Leah e hizo una pausa—. Lo suficiente para quedar contigo en Salamanca.

Una vez que el avión estuvo en pleno vuelo, el carrito de las bebidas llegó traqueteando por el pasillo. Leah evitaba el alcohol en los vuelos nocturnos después de años de aturdimiento en los aterrizajes. Siempre llevaba una pastilla para dormir en el bolso. Se la había tomado y esperaba dormir algunas horas antes de llegar a Madrid. El personal de vuelo sabía que no debía molestarla para la cena.

—¿Te apetece una copa? —preguntó Miguel, el compañero de asiento de Leah.

—Claro, ¿por qué no? Tomaré un vino tinto.

—Y para mí un White Label con hielo —dijo Miguel, pagando las dos bebidas.

—Gracias por la invitación.

—Un placer. Por un buen viaje —brindó, mientras hacían chocar los vasos de plástico.

—Por supuesto, por un buen viaje —Leah observó que no llevaba anillo de casado.

—Bueno, ¿y qué hay de ti? ¿Es tu primer viaje a España? —preguntó Leah, girándose en su asiento para mirarle. En cierto modo se sentía obligada a iniciar una conversación después de su generosidad. Además, empezaba a tomar forma cierto ambiente de celebración.

—Segundo viaje. El año pasado completé el Camino de Santiago. Tardé tres semanas. Caminé la mitad de la ruta y el resto lo hice en bici.

Su viaje por tierra había comenzado en León, una provincia del norte de España y había finalizado en Santiago de Compostela, una ciudad localizada en Galicia, no muy lejos del Atlántico.

—Debes ser un hombre muy espiritual —supuso Leah, que sabía que la solitaria peregrinación requería una resistencia especial para llegar a la catedral y al sepulcro del Apóstol Santiago. Al completarlo, Miguel se unía a un selecto grupo con más de mil años de tradición.

—No soy creyente. Lo hice para poner a prueba mi capacidad física y porque me encanta viajar por España. Además, la catedral lleva parte de mi nombre y me parece curioso.

Quizá fuera la cercanía de sus asientos la que los mantuvo charlando después del despegue, permitiendo a Leah descubrir que Miguel había nacido en España y había emigrado a Virginia con su familia, siendo todavía un niño. Pero Estados Unidos nunca se había asentado en su corazón. Siendo adulto, compensó su desapego con viajes frecuentes a países mediterráneos. A la vuelta de España le esperaba la dirección de la empresa familiar, la joyería Santiago Bros. Jewelry Company, aunque no demostró mucho entusiasmo por el nuevo puesto. Si su familia no hubiera dirigido su carrera, Miguel se habría decantado por las artes. Poseía una valiosa colección de arte moderno y organizaba exposiciones para pintores emergentes. Entre sus gustos musicales se encontraban la ópera, el jazz y el country. Leía con voracidad, sobretodo los clásicos y literatura de vanguardia; no le gustaba el deporte y solo veía películas de cine independiente.

—¿Has estado casado alguna vez? —preguntó Leah.

—Una vez. Fue breve y hace décadas. No tuvimos hijos. Me temo que no se me da bien elegir a la mujer adecuada.

Ahora en la madurez y después de una sucesión de novias, vivía con Susan Ingram, una mujer divorciada, madre de tres hijos ya mayores que vivían por su cuenta.

—Anoche, mientras hacía las maletas, me preguntó si nos casaríamos pronto —dijo.

—Es una pregunta lógica. Vivís juntos. ¿Te casarás con ella?

—Le dije que no estoy preparado —respondió bruscamente—. Es extraño, ¿verdad? No la he incluido en este viaje y acabamos de irnos a vivir juntos.

—Sorprendente. ¿No viajas con ella?

—Por supuesto, viajamos juntos, pero no me gusta hacerlo en viajes largos, en los que hay que estar pegados las veinticuatro horas del día. Me gusta mi soledad. Nunca he durado más de cuatro años con ninguna mujer. No importa lo mucho que me quiera; nunca es suficiente —suspiró—. Ojalá pudiera encontrar a la mujer adecuada. Susan es una persona maravillosa, pero no estoy seguro de que sea ella.

—No te quieres lo suficiente —dijo Leah, algo sorprendida por su rápido y sentencioso comentario sobre su vida amorosa—. Tienes que empezar desde tu interior para poder llegar a amar a alguien de forma incondicional. Su expresión de perplejidad hizo que Leah añadiera que quizá Susan sí era la adecuada para él.

—Dale tiempo —dijo Leah.

—Ya veremos –respondió él, demasiado rápido.

Miguel y Leah no prestaron atención a la película cuando se desplegaron las pequeñas pantallas en cabina. Prefirieron seguir revelándose más sobre sí mismos con una sinceridad inusual para unos compañeros de asiento. A Leah le resultaba muy enriquecedor conocer cómo vivían sus vidas otras personas. El alcance de la honestidad de Miguel se hizo patente cuando profundizaron en su conversación.

—Bueno, ¿y qué hay de ti? —preguntó Miguel, mirándola con una sonrisa irónica—. ¿Cuál es tu historia? ¿Qué vas a hacer en España?

Algo la empujó a abrirse. Él conseguía que se sintiera libre.

—Llevo años divorciada. Mis hijos ya son mayores. Soy escritora freelance de artículos de viaje y novelista. Vivo en Nueva York —dijo, con un aire de confianza—. También tengo un pasado en el que vivía una vida deprimente en la pequeña Rhode Island, como madre y ama de casa. Eso fue antes de trasladarme a Nueva York —añadió. En ningún momento se le pasó por la cabeza que Miguel no pudiera procesar tantos detalles.

Lo que no mencionó fueron los años de lucha para reunir el valor necesario para divorciarse de su marido. Fue una mujer abatida y rota, agonizando en un intento de introducir una vida renovada en su alma turbulenta. Cuando consiguió ganar esas batallas, tanto internas como externas, cambió para siempre. Asumió riesgos audaces e inauditos para sobrevivir por su cuenta y vivir su vida como quería. Jamás volvería a seguir ciegamente el camino que otros eligieran para ella. Dejó Rhode Island y cedió el cuidado de sus hijos adolescentes a su ex-marido.

Con el divorcio llegó la libertad económica. Fue entonces cuando despegó su carrera como escritora. Pero imaginó que la libertad definitiva consistiría en encontrar un amor verdadero e incondicional con el hombre adecuado. Hasta que lo encontrara o él la encontrara a ella, sería una coleccionista de amor. Se amaría a sí misma incondicionalmente y tomaría decisiones con el corazón. No le explicó esta filosofía a Miguel.

—Soy una A.D.E —dijo, intentando evitar cuestiones personales más profundas.

—¿Y eso qué significa?

—Amiga De España. Me encanta ese país. En cada viaje descubro cosas nuevas sobre mí misma. Pero no me malinterpretes. No lograría completar un viaje como el tuyo en el Camino, pero elijo otras opciones igual de emocionantes. Por eso regreso a menudo. España es un lugar maravilloso en el que perderse.

—Hmmmm. Pareces una mujer interesante. Tendrás que contarme más sobre ti y sobre esas aventuras. ¿Tienes pareja? – preguntó Miguel, tímidamente.

—En realidad, no. Me gusta el riesgo, incluso en el amor – dijo ella—. Es un enfoque diferente al que utiliza la mayoría de mujeres. Elijo la felicidad antes que el aburrimiento, sin dudarlo. Mañana cuando aterricemos he quedado con alguien en un hotel de Salamanca. Habitaciones separadas, por cierto. Fuimos amantes hace mucho tiempo, cuando vivía en Madrid. Los dos nos acabábamos de divorciar. Cuando volví a Estados Unidos, se casó otra vez con su ex-mujer y volvió a vivir con sus cuatro hijos. Pero me ha llamado puntualmente en todos mis cumpleaños.

Eso mantuvo viva nuestra amistad a lo largo de los años. No es un sinvergüenza, es un buen hombre. Solo fueron palabras entre dos buenos amigos.

—Es obvio que te quería; si no, no te habría llamado. Amar a dos mujeres al mismo tiempo no es tan difícil. Los hombres fantaseamos con una mujer como tú. Pero ahora llega la realidad. Después de tantos años, ¿qué va a pasar en Salamanca?

—Tenía que haberte explicado que su mujer murió en un accidente de coche con dos de sus hijos. Ya veremos qué pasa — fue todo lo que dijo Leah.

No le habló del ultimátum que planeaba lanzarle a Javier. Había llegado el momento de un compromiso serio. Además, quería llevarle a la boda de su hija. ¿Cómo había llegado a revelar tantos detalles íntimos a este compañero de asiento llamado Miguel? Pero en realidad no importaba, porque aterrizarían y cada uno seguiría su camino.

—Una historia interesante, Leah. Buena suerte reviviendo lo que fuera que tuvierais, pero en la mente de Javier sigue habiendo una esposa muerta. Por cierto, ¿ese hotel de Salamanca que has mencionado? Yo también he reservado allí, pero una semana más tarde.

—¿De verdad? Es un antiguo convento. No les digas que no eres creyente. Te pedirán que recites el rosario en voz alta antes de dejarte entrar.

Cuando terminó la película, las pantallas regresaron a sus huecos en el techo. Las luces de cabina se atenuaron, suavizando el ambiente del avión. Los pasajeros acomodaron sus cuerpos a los estrechos asientos, abrieron las bolsas con las mantas y colocaron pequeñas almohadas detrás de la cabeza o las apoyaron contra una ventana. Algunos decidieron leer bajo el estrecho haz de luz que llegaba desde encima de sus cabezas. Miguel y Leah se cubrieron con sus pequeñas mantas, pero no cerraron los ojos. Hablaron en un tono más suave para no molestar a los pasajeros de alrededor.

—¿Por qué te fuiste de Rhode Island y te instalaste en Nueva York? Perdona que me entrometa, pero ese fue un cambio muy valiente para una mujer divorciada y con hijos —dijo él.

—Mi divorcio fue amistoso. Estuvimos de acuerdo en el desacuerdo de nuestro matrimonio. Pasaron años de discusiones continuas hasta que llegamos a un punto en el que la separación nos beneficiaba a los dos. Yo quería un matrimonio, hijos, mucha libertad y la oportunidad de lanzarme en mi recién descubierta vocación literaria. Mi marido me quería en casa, como una mujer casada, con hijos y sin vocación. Nunca nos pusimos de acuerdo sobre cómo vivir nuestra vida de casados, pero pudimos seguir adelante el uno sin el otro. De hecho, en aquel momento él era mejor criando a nuestros hijos. Yo siempre quise vivir en Nueva York. Allí es donde está el mundo editorial. Nuestros hijos adolescentes se tomaron bien el divorcio y mi marcha —dijo ella suavemente, mientras crecía la intimidad de su nueva amistad con Miguel. Instintivamente, empezó a confiar en él. Él comprendía sus motivaciones. No la juzgaba con dureza.

—Cuando llegué a Nueva York no tenía hogar, ni muebles; ni siquiera una cuchara. Tenía el dinero justo para sobrevivir y solo podía contar conmigo misma. Mi primera novela fracasó, así que me lamí las heridas, escribí la segunda y finalmente tuve éxito con varios superventas.

—¿Seguías ligada a tus hijos? ¿Los veías a menudo?

—Por supuesto, seguía ligada a ellos y los veía mucho. De hecho, ahora mi hija vive en Nueva York también. Mi hijo vive en California. No me he perdido nada de la vida de mis hijos. Mi marido hizo un buen trabajo como Don Mamá. Fuimos pioneros en ese estilo de vida y ni siquiera lo sabíamos.

—Eres sorprendentemente abierta y una mujer extraordinaria.

—Gracias. Y también decidí otra cosa. Sería mi propia mejor amiga. Pruébalo, funciona. Ahora soy una mujer feliz, equilibrada y segura de mí misma y estoy agradecida por ello. Mi mente y mi corazón están sincronizados, por fin —dijo ella.

Sin embargo, faltaba algo. Sus dos hijos habían sido su prioridad, pero ahora habían crecido, lo cual debería haber simplificado su decisión sobre lo que deseaba hacer a continuación. Y sin embargo no fue fácil. Leah no le habló a Miguel sobre la boda de Dana. Eso era revelar demasiada información. También estaba buscando ternura en su vida. Eso sí se lo dijo. Miguel guardó silencio ante su comentario, por lo que no dio más detalles. En lugar de eso, su mente se trasladó a la reciente conversación telefónica que había mantenido con Rocío, una amiga *madrileña* que tenía ahora sesenta y muchos años.

Su amistad comenzó cuando Leah vivió en Madrid años atrás. A Rocío le encantaba practicar su fluido inglés con Leah, lo cual no le permitía a Leah mejorar su torpe español. Siguieron en contacto cuando Rocío se mudó a Nueva York con su marido. Su amiga comenzó una carrera importando antigüedades españolas. También inició una aventura con un español de Barcelona. Cuando fue descubierto, aquello destrozó su matrimonio y la obligó a volver a España, prácticamente arruinada. Establecida con firmeza en el negocio de las antigüedades, consiguió resucitar como una mujer económicamente estable, que enviaba piezas españolas raras a las mejores galerías de Estados Unidos. Se casó por segunda vez para ver cómo fracasaba el matrimonio en dieciocho meses, amargándose respecto a los hombres y la idea de enamorarse de nuevo.

—¿No echas de menos la ternura en tu vida? —Le había

preguntado Leah a su amiga.

—A veces, pero tengo gatos para cubrir esa necesidad.

—Oh, vamos. Sé sincera conmigo. ¿No quieres un hombre en tu vida nunca más? Podría hacerte más feliz.

—Si siempre somos felices es que somos estúpidas. Debemos sufrir por algo. Así es como nos inspira la vida —dijo Rocío. Los españoles solían utilizar la primera persona del plural para incluir a los demás en su filosofía—. Y eso de enamorarse es una enfermedad. ¿Cómo es que no te has dado cuenta todavía?

—Porque soy una romántica empedernida. Por eso. Tú también lo eras, Rocío. Recupera ese sentimiento. Es importante para nuestro bienestar.

—Eres una mujer ridícula, Leah. Olvídate del romance, eres demasiado mayor.

—Claro que no. La esperanza brota eternamente dentro de mí. Pero ya hablaremos de este asunto de la ternura cuando llegue a Madrid. Nos vemos pronto.

En un momento del vuelo, cuando Miguel regresó de pasear por el pasillo para estirar las piernas, puso el brazo alrededor de los hombros de Leah y se apoyó sobre ella.

—Te enamoras demasiado rápido —dijo ella, riendo algo tímida ante su gesto juvenil y físico.

Incluso aunque era guapo, inteligente, encantador, atrevido, divertido, vestía bien y era un maravilloso conversador, Leah se arrepentía de haberle hablado de sus anhelos de ternura. Rodearla con el brazo era algo atrevido para un compañero de asiento, pero sentaba bien. No estaba dispuesta a pedir un cambio de asiento a esas alturas del vuelo. Miguel no era un depredador; simplemente, ambos estaban de buen humor. Su amistad crecía mientras continuaba el vuelo. Leah supuso que su aspecto conservador y elegante, sus ojos verdes y su cabello negro, atraían a Miguel. El peso que había ganado con la edad no le preocupaba demasiado. Su tipo, más blando y suave, era una metáfora de su esquema vital. Ahora era más suave y resultaba menos duro estar con ella y sus expectativas eran menos altas que cuando era más joven.

En la oscuridad de la cabina, Leah soñó despierta en la pureza de su conversación con Miguel. Era digna del más puro de los cumplidos. Si Leah hubiera rozado sus labios con los de Miguel, lo cual era su realidad personal y adulta en ese momento, él habría aceptado su regalo sin dudarlo. Él tenía unos labios tan bonitos, carnosos y apetecibles. Pero esa era la escena que había escrito en su mente, no la realidad.

—Hola de nuevo —susurró él, exhalando un suspiro conciliador, tras un largo silencio. Después bajó su mirada inquisitiva y suspiró.

—Quién hubiera dicho que íbamos a disfrutar tanto de este vuelo; pero tenemos que dormir —dijo Leah, y cerró los ojos justo antes de que él moviera los labios para lanzar un beso al aire.

A Leah le resultó natural relajarse en su asiento, cruzar la pierna izquierda sobre la derecha y dejar que su hombro tocara el de Miguel. Habían embarcado como dos desconocidos pero rápidamente se convirtieron en algo más que unos fortuitos compañeros de viaje. Era muy extraño sentir una atracción tan fuerte por él, tan rápido y en un avión. ¿Qué estaba pasando? Fuese lo que fuese, el vuelo había resultado estupendo. Utilizaría la escena en una de sus novelas.

Cuando la luz del alba se filtró en la cabina, las pantallas del techo se desplegaron de nuevo para mostrar un pequeño avión recorriendo una ruta animada que se acercaba al sur de Europa. Miguel y Leah habían viajado encerrados en la fila de un avión dirigido a su tierra prometida. Para ella era España, donde las experiencias de su corazón y sus sentimientos alcanzaban los niveles más profundos. Para él era la tierra mediterránea, donde su alma florecía renovada, especialmente porque sus raíces europeas le fueron negadas cuando se lo llevaron a Virginia siendo un niño.

Con el poco tiempo que quedaba de vuelo, Miguel colocó una almohada detrás de la cabeza y cerró los ojos. Leah hizo lo mismo y permaneció escuchando la respiración profunda de Miguel mientras dormía. Su presencia y su atractivo la empujaron a descruzar las piernas y mover su rodilla derecha para que descansara sobre la de él.

—¿Estás despierta? —susurró Miguel, mientras el avión iniciaba su descenso sobre España—. Casi hemos llegado —dijo, y se inclinó cuidadosamente sobre ella para abrir la pantalla de la ventana.

A Leah le gustaba sentir su cuerpo cálido junto al suyo. Cuando los auxiliares de vuelo recorrieron los pasillos repartiendo formularios de inmigración, ella y Miguel desplegaron sus bandejas para rellenar los suyos con un bolígrafo compartido. Abajo, el paisaje color ocre de España, con sus ondulados olivares, se acercaba con el descenso.

Mientras el avión rodaba por la pista hacia su puerta, Miguel sacó su grueso libro del bolsillo del asiento. Un marca páginas del Metropolitan Museum of Art, mostrando un colorido caballero con su armadura, sobresalía de entre las páginas. Leah también tenía un marca páginas de ese museo en su libro, pero era la Estatua de la Libertad. Miguel adelantó la hora en su Rolex seis horas, para hacerla coincidir con la zona horaria española. Después, reposó las manos sobre sus muslos e hizo una pausa para quitar un hilillo suelto de sus vaqueros. A Leah le resultó atractivo que llevara las uñas cortas y cuidadas.

No se separaron en ningún momento mientras caminaban por la terminal y mientras esperaban en la cinta de los equipajes.

—Tu hotel está cerca de mi apartamento —dijo ella—. Podemos compartir un taxi a Madrid. Hablas español mejor que yo y mi calle es difícil de encontrar. Estoy agotada. Enhorabuena Miguel, eres todo un conversador y me has mantenido despierta durante todo el vuelo.

—No ha sido solo culpa mía. Eres una cautivadora que me ha mantenido hablando contigo.

Cuando el taxi paró junto a la acera, ella le invitó a subir a su hogar provisional. Miguel le llevó la gran maleta rodando a través del suelo de mármol del vestíbulo y esperó mientras Leah metía la bolsa del ordenador en el ascensor de hierro con forma de jaula. Cuando Miguel cerró la puerta exterior, el seguro hizo un ruido metálico que resonó en el pasillo. Después Miguel cerró las dos puertas interiores de madera y pulsó el botón del quinto y último piso.

—¡Vaya estrecheces! ¿Qué pasa si nos quedamos atrapados? —bromeó Miguel mientras él, Leah y el equipaje se agolpaban en el minúsculo ascensor que se elevaba lentamente.

Su hogar provisional en Madrid tenía cuatro habitaciones repartidas a lo largo de un pasillo repleto de arte contemporáneo. Miguel se interesó por cada una de las obras. Las puertas del salón y el dormitorio conducían a dos patios diferentes, ambos con el suelo de terracota y macetas con plantas lo suficientemente resistentes para aguantar el ardiente sol español.

Leah bostezó varias veces y le dijo a Miguel que necesitaba descansar antes de encontrarse con Javier en Salamanca más tarde.

—Aquí tienes mi número de móvil en España —dijo ella,

y garabateó nueve cifras en el reverso de su tarjeta de visita mientras Miguel esperaba en la puerta—. Quizá nos podríamos ver cuando vuelva mañana a Madrid. Seguirás por aquí, ¿verdad?

Leah había viajado sola durante años y sabía lo importante que era poder quedar con alguien después de un día de turismo. Ofrecerle su amistad resultó sencillo. Disfrutaba de su compañía. Resultaba agradable a la vista y muy agradable al oído.

—Estaré en Madrid varios días antes de marcharme a viajar por Castilla León y Castilla-La Mancha. No me gustaría pensar que no voy a volver a verte. Imagínate, he cambiado mi asiento por hacer un favor y te he conocido. No perderé este número —dijo él, y metió la tarjeta en el bolsillo de su camisa.

Entonces Miguel posó las manos sobre sus hombros.

—Ahora estamos en España. Lo adecuado es un beso en cada mejilla. Dos besos son el doble de agradables —dijo, y casi la besó en la boca cuando pasaba de un lado a otro de su rostro al despedirse.

—Ha sido un viaje en avión maravilloso. Espero volver a verte —dijo Leah, deseando que Miguel no percibiera lo nerviosa que se puso con él tan cerca.

CAPÍTULO DOS

CUANDO MIGUEL SE MARCHÓ, LEAH se acercó a la gran ventana del dormitorio y tiró de la cinta para bajar la persiana exterior. Después corrió las cortinas, se duchó y se deslizó desnuda bajo las suaves sábanas, preparada para una larga siesta.

Habló con Javier por teléfono para confirmar su encuentro en Salamanca aquella tarde. Leah no estaba tan entusiasmada como él. Culpó al *jet lag*, al vuelo sin dormir y a las secuelas de dos vasos de vino. Lo que no incluyó en la lista fue la conversación de siete horas seguidas con Miguel Santiago mientras volaban de un continente a otro. Lo imaginó durmiendo desnudo en su hotel antes de aventurarse por Madrid aquella misma tarde. ¿Estaría pensando en ella también?

Leah conoció a Javier en Madrid poco después de su divorcio, cuando estuvo en la ciudad por un encargo profesional. Su encuentro casual en el mostrador del hotel derivó en una amistosa discusión, que derivó en cena, que derivó en cama unas semanas después. Era un español divorciado, maravillosamente amable y tranquilo. Viajaron por Europa y pasaron las vacaciones en villas del campo español. Leah disfrutó de la tarjeta de crédito de Javier para ir de compras por París. En la ópera de Roma, ocuparon un palco. También tomaron el sol, desnudos en playas desiertas de Andalucía. Javier la inició en un nivel superior de disfrute sexual y una intimidad que Leah buscó después en sus amantes.

—Por favor, no me dejes —decía Javier a menudo—. No sé qué haría en España sin ti. Te amo profundamente.

Pero cuando su trabajo terminó, ella quiso volver a casa, agradecida para siempre a Javier y a España por curar su alma recién divorciada. Si Javier le hubiera pedido que se casara con él, ella se habría quedado. Pero no lo hizo. Leah no quería una relación a larga distancia. En lugar de eso, se convirtió en su propia mejor amiga, una novedad que la animó a dar la noticia a Javier.

—No sé cómo decirte esto, así que lo soltaré sin más. En unos días me voy a Nueva York a empezar una nueva vida. Estaremos en contacto.

—¿Te habrías marchado sin decírmelo?

Sintió su profundo quejido, pero permaneció en silencio. Javier estaba desolado. Ella no.

—No te cases nunca, Leah. No lo necesitas. Lo tienes todo y, sobre todo, tienes tu libertad —fueron sus palabras de despedida.

En los comienzos de su separación, Javier llamaba a Leah semanalmente, pidiéndola que volviera a Madrid o que se encontraran en cualquier lugar que ella quisiera. Ella siempre se negó. Su vida en Nueva York había despegado en muchas direcciones y ninguna apuntaba hacia España. Cuando accedió a encontrarse con él en Salamanca, Javier imaginó a Leah como una divorciada en ciernes, locamente enamorada de él y de su vida, juntos en Madrid. Aún la concebía situada en el pasado.

—Ahora soy diferente —le dijo ella.

—Pero no para mí —susurró Javier al teléfono.

Leah no forzó un nuevo diálogo porque ella también había

atrapado su relación en el tiempo. Se había acostado y había amado a otros hombres después de él. No consideró a Javier como un compañero potencial hasta que enviudó. Al igual que Rhode Island, él era parte de su "yo" anterior. Pero ya no deseaba un matrimonio; cuando accedió a aquella relación, solo buscaba una compañía afectuosa.

Leah despertó de su siesta y pensó en Miguel. Era tan divertido. ¿Qué estaría haciendo en Madrid en ese preciso momento? ¿Estaría pensando en ella?

—¿A qué viene esto de pensar en Miguel? —se reprendió frente al espejo del baño mientras extendía una base de maquillaje color beige bajo los ojos y sobre el rostro. Desvió sus pensamientos hacia Javier. ¿Pensaría que había envejecido? ¿Se daría cuenta del peso que había ganado? ¿Estaría él también mirándose al espejo?

El autobús al que subió en la estación AutoRes de Madrid tardaría varias horas en llegar a Salamanca. La chica sentada junto a ella abrió la pantalla fluorescente de un teléfono móvil y empezó a escribir un mensaje de texto. Su falda caqui levantada por encima de las rodillas mostraba unas piernas bronceadas acentuadas por unas alpargatas de tela atadas alrededor de sus bonitos tobillos. El titular de la revista sobre su regazo prometía revelar cinco nuevas formas de complacer a un hombre en la cama. Leah se preguntó qué podría aprender ella de ese artículo. Comprender el acto sexual significaba experimentar su poder; era un conocimiento que crecía dentro de una mujer al rendirse a él. Ella era mucho mejor amante en su madurez.

Al otro lado de las ventanas del autobús, cientos de toros negros y brillantes pastaban en el campo o permanecían quietos bajo los pinos. Más adelante, grandes extensiones de vibrantes girasoles amarillos encaraban el sol en un alineamiento perfecto. A lo lejos, los olivos omnipresentes crecían caprichosos con sus troncos retorcidos anclados a la reseca tierra ocre. Era como si un peine gigante hubiera extendido los profundos surcos a lo largo de la tierra.

Leah y Salamanca no eran desconocidos. Descubrió la antigua ciudad cuando llegó por primera vez a España para escribir artículos de viaje. La provincia de Castilla y León publicó la primera gramática del castellano en 1492. Los visitantes de la ciudad medieval se dirigían a la Plaza Mayor, donde experimentaban la maravillosa arquitectura gótica. Cuatro edificios de piedra rodeaban la plaza abierta con sus balcones con viejos postigos de madera. Bajo sus arcos, las pequeñas tiendas, los restaurantes y las terrazas de los cafés con mesas y sillas metálicas, mantenían la plaza densamente poblada. Las plazas principales eran los salones exteriores de España, en los que la gente paseaba, se pavoneaba, cotilleaba, coqueteaba, compraba u observaba el mundo pasar. Para muchos españoles, Salamanca tenía la mejor plaza del país.

Leah adoraba sentarse en uno de los restaurantes al aire libre y observar la invasión de españoles llegando a la plaza desde todos los rincones. Las mujeres vestían de punta en blanco con prendas de tweed, sedas y lo mejor de la moda europea. Los peinados se arreglaban con cuidado y la joyería brillaba. Llevaban a sus hombres bien sujetos por el brazo y estos vestían invariablemente gabardinas con cinturón. Los abuelos y los amigos paseaban tomados del brazo.

Había mucha afectación. La gente paseaba a los niños en carritos y los levantaban para hacerles cosquillas, besarlos o estrujarles las mejillas. Eran habituales los largos abrigos Melton con botones dorados. Las niñas pequeñas lucían pendientes dorados en las orejas. Los bebés se tranquilizaban con chupetes que llevaban a modo de collar. En aquellos días, esa costumbre había ganado aceptación a nivel nacional. Daba la sensación de que no quedaba ni un bebé chupándose el dedo en todo el país. En quince minutos, la plaza estaba abarrotada. Una colmena humana. Vista desde arriba, la masa seguía una dirección común: daba vueltas y vueltas. Los cafés y restaurantes hacían negocio. No había embaucadores vendiendo juguetes de cuerda, ni globos, ni mendigos; solo conversadores y paseantes. Leah estaba embelesada.

Casi por instinto, cuando el gran reloj del ayuntamiento marcaba las dos, la multitud disminuía, volviendo lentamente sobre sus pasos por las estrechas calles adyacentes. Se llevaba consigo la charla y la esencia de la vida española: la necesidad de exhibir las obligaciones cívicas, sociales y familiares con una gran demostración pública.

España y Salamanca eran menos formales en su forma de vestir y sus rituales cuando Leah regresó para su encuentro con Javier. Los familiares edificios color miel aparecieron cuando el autobús cruzó el puente sobre el río Tormes y penetró en la estación. Leah esperó a que el resto de pasajeros desembarcara, aprovechando para darse un toque de pintalabios y arreglarse el peinado. Se colgó la bolsa de viaje sobre un hombro y tomó las escaleras mecánicas para acceder al vestíbulo principal de la terminal. Un puesto de información turística ofrecía indicaciones para llegar a pie hasta el restaurante que Javier había propuesto. Él pensó que sería más fácil —"más suave", fue la expresión que utilizó— que su reunión tuviera lugar en público, en lugar del hotel.

El corazón de Leah latía con fuerza mientras caminaba hacia el restaurante asimilando la belleza de los largos pasadizos de Salamanca, con sus tiendas y edificios antiguos. Estaba disgustada consigo misma por sentirse tan ansiosa ante su encuentro inminente. Había pasado mucho tiempo, un tiempo en el que había logrado la sofisticación y la habilidad necesarias para manejar la ansiedad. De modo que, ¿qué estaba sucediendo? Por favor, querido corazón, no repases las imágenes de nuestra intensa relación. Lo que necesitaba era una sacudida de realidad: ver a Javier, recordar viejos tiempos, sonreír mucho y acabar con esta tontería. Ya no eran amantes, pero podía ser un compañero potencial de por vida.

Pasó junto a un antiguo convento del siglo diecisiete. El edificio se había convertido en una escuela de idiomas ante la que un grupo de estudiantes ligeros de ropa reía en la calle de adoquín. ¿Sería eso sacrilegio? En la distancia, más allá de los tejados de terracota, un nido de cigüeña se sostenía sobre la torre de una iglesia. Cuando el viento soplaba en su dirección, Leah podía oír el cloquear de las cigüeñas. Las enormes campanas de la catedral de Salamanca repicaron, resonando profundamente por toda la ciudad; también sonaron en el interior de Leah, produciendo una calma que aplacó sus miedos.

—Psssst— fue el único sonido que emitió cuando Javier entró en el restaurante. Él se dio la vuelta y se quedó inmóvil cuando la reconoció. La apariencia de Javier había cambiado, aunque ella había olvidado su aspecto exacto, ya que había destruido todas sus fotos. Su cabello era más gris. Había ganado peso. Su barriga era más prominente de lo que recordaba. ¿Le habría reconocido si se hubiera cruzado con él por la calle? Probablemente, no. Pero al igual que el payaso que aparece al abrir la caja sorpresa, Leah saltó para abrazarle.

—Estás igual —dijo él.

—Imposible.

Una amplia sonrisa cubrió su rostro. Lo que él no pudo ver fue la sacudida de cálida emoción que recorrió su cuerpo. La euforia creció en el interior de Leah, junto al miedo a lo desconocido. Sostuvo el rostro de Javier entre las manos.

—Estoy muy contenta de verte.

—Yo también estoy contento. Qué ojos más brillantes tienes. ¿Cómo es posible que sigan así después de tantos años?

—La luz no se ha ido. Soy feliz con mi vida. Mucha gente está acabada a nuestra edad. Yo no lo estoy. La esperanza brota eternamente.

—Ahora soy libre, Leah —soltó Javier durante la cena. Se sintió culpable al decir la palabra, a pesar de que había pasado un año desde la muerte de su mujer—. Pero no sé qué hacer con toda esta libertad.

Sus inseguridades respecto a ser un padre soltero de dos adolescentes salieron de él, sentado con las manos posadas en la mesa y sus dedos formando un rígido semicírculo. Su mujer se había encargado de la familia y de la casa. Ahora Javier había contratado a una asistenta que no podía cubrir sus necesidades sentimentales.

—¿Cómo ves tu futuro como hombre, no solo como padre? —preguntó Leah, con la esperanza de ser incluida en su sueño.

Javier hizo una pausa e indicó al camarero que le trajera un vaso de anís. Bebió el licor sabor a regaliz. Su sonrisa indicaba que le gustaba lo que su imaginación había creado.

—Mi vida ideal sería vivir en una especie de comuna, con mucha gente conviviendo en la misma casa. Si alguien necesitara amor, podría hacer el amor con cualquiera. El amor es lo importante en la vida. También debería haber ternura en esa comunidad.

—Solo puedo identificarme con la parte de la ternura —dijo ella, intentando disimular su decepción. Oh, Dios mío. Quiere vivir en una comuna. Ya vuelve a dejarme. Y esta vez no es para volver con su mujer sino con muchas otras mujeres.

Para bajar la cena, pasearon por las callejuelas de Salamanca agarrados de la mano. Los españoles alargan las horas del día como si fueran de chicle. Javier no era una excepción. A menudo, Leah iba unos pasos por delante de él. Era el Hansel del cuento, tirando migas de pan para encontrar el camino de vuelta a su equilibrio.

—Han pasado tantos años. Es increíble tenerte delante, en carne y hueso —fueron las únicas palabras que dijo cuando él se detuvo para abrazarla.

—Ahora somos más mayores y mejores. Venga, Leah. Intentémoslo de nuevo. Los dos estamos solteros, nos conocemos bien y yo te quiero. Todavía somos amantes apasionados. Puedo sentirlo. Ven conmigo a la habitación —dijo dulcemente.

—Necesito aclarar mis ideas paseando un poco más, pero sola. Mantendré mi habitación, por si solo somos amigos y no los amantes que recuerdas.

Éste fue su momento de intensa verdad. Meterse en la cama con Javier podía resucitar su relación. ¿Pero podría convencerle para iniciar una relación comprometida y duradera con ella? Eso era lo que su corazón y su alma querían. O quizá la naturaleza esporádica de su relación estaba tan arraigada a sus psiques que no podían cambiar su esencia. La idea de un nuevo matrimonio aterraba a Leah. Había visto a amigas divorciándose para lanzarse desesperadas a una nueva cama marital y descubrir que nada había cambiado. Leah no podía enfrentarse a una decepción semejante. Adoraba su vida de soltera. ¿Pero era su estilo de vida como coleccionista de amor una ilusión estúpida y destructiva? Todo el mundo necesitaba alguien a quien amar. Pero, ¿era posible tener un compañero estable sin matrimonio de por medio? ¿Qué pasaría con su libertad?

Llegó a la conclusión de que Javier no podía ser un amante ocasional. Y ella quería más. Quería que fueran una pareja reconocida, tanto en España como en Nueva York. Quería que la familia de Javier la aceptara como la mujer que había elegido para amar tras la muerte de su esposa. Había llegado el momento de sacarlo a la luz. A Leah no le gustó la vida comunal de la que habló Javier durante la cena. ¿O se trataba de una fantasía de palabras traviesas, de esas que emplean los hombres cuando hablan del amor a su medida?

Leah regresó al hotel y recorrió el largo pasillo hacia la habitación de Javier, cuestionándose todavía su decisión de acostarse de nuevo con él. De algún modo, se sentía obligada por la vigilia que él había guardado a lo largo de los años. Leah tenía un extraño código auto impuesto respecto a un amante de intenciones profundas, que ahora era un Javier canoso y con sobrepeso. Sin embargo, la conocía mejor de lo que se conocía ella misma.

La puerta estaba ligeramente entreabierta, una costumbre del pasado, cuando él esperaba su llegada.

—Hola, tesoro —dijo Javier, y se levantó de un salto cuando ella llamó suavemente y abrió la puerta. Se levantó tan rápido de la silla, que la revista de caza que tenía en su regazo cayó al suelo—. Llevo años esperándote —dijo, y la abrazó con tanta fuerza que Leah soltó un suspiro ahogado.

—Vaya. Esto sí que es un recibimiento —dijo Leah, mientras él la abrazaba con más fuerza.

Después de tantos años, el tacto de sus labios le resultó extraño. Eso sorprendió a Leah. Javier gimió suavemente cuando la besó con más intensidad. Empezaron a salir de él palabras sobre sus pasados encuentros amorosos. Sus caricias. Sus besos. Sus ojos. Su fragancia. Susurró una larga lista de superlativos en su oído.

Una pesada niebla se elevó de su precavido corazón mientras las manos de Javier la descubrían de nuevo. Leah deseó ser más joven, más delgada, más voluminosa arriba y más húmeda abajo, como lo era cuando le hizo el amor por primera vez.

—Te quiero mucho, mucho —dijo él, y acarició su rostro antes de abrazarla de nuevo, esta vez con besos más dulces y suaves—. No hay nadie como tú, Leah —dijo, y deslizó suavemente la mano por dentro de su blusa para desabrochar su sujetador.

Aquellos abrazos, sus tiernas palabras y su cálida sonrisa, gestos que ella conocía tan bien, dejaron en suspenso su decisión previa. No pasaba nada por esperar a mañana para discutir una relación más duradera. ¿Por qué arruinar una deliciosa noche de pasión?

~ ♡ ~

—Frótame la espalda, por favor. Me encanta tu tacto —dijo él, una vez que su acto sexual remitió y Javier se encontraba tumbado boca abajo. Tenía una mano bajo la almohada y la otra a un lado. Cuando Leah comenzó el ritual, sus ojos somnolientos recorrieron la habitación impregnada de lujuria. Se detuvieron en los espejos del armario, que reflejaban la curva de su cuerpo desnudo apretado al de Javier. En el armario, el abrigo Loden de lana verde colgaba junto a su chaqueta bouclé negra de Cole Haan; objetos temporales colocados allí por una pareja temporal de hotel.

Los suaves dedos de Leah recorrieron el cuerpo de Javier hasta que encontraron sus manos y pasearon por sus dedos, uno a uno. Leah miró por la pequeña ventana, donde un viejo campanario destacaba en el patio reflejando los rayos de luna. Una parte de su alma estaba en su hogar. El hipnótico ritmo de la respiración de Javier y la manta de estrellas que creó la mente de Leah para dales calor, condujo sus pensamientos a otro lugar.

Se alejó del poder del cuerpo de Javier para elevarse por encima del campanario, recorrer España y el Atlántico y planear hasta un suave aterrizaje en Rhode Island. Se recordó a sí misma allí siendo joven, como alguien que jamás había soñado más allá de las fronteras del estado. Qué preparar de cena, cómo cuidar a sus hijos, cómo edificar su matrimonio, eran los pensamientos que consumían su día. Allí no conocía a nadie que tuviera pasaporte. No conocía a nadie que viviera en Europa. No existía el más ligero interés en viajar más allá de sus raíces en Nueva Inglaterra. Los paisajes estacionales ofrecían enormes carámbanos, olmos majestuosos que se despojaban de su colorido follaje y langostas pescadas en Narragansett Bay.

Nada en su anterior matrimonio sugería que éste iba a implosionar y que viviría en España, donde brillantes toros de afilados cuernos pastaban a los lados de las carreteras en el campo. Tampoco estaba claro, cuando solicitó un pasaporte después de su divorcio, que el documento estaría lleno de sellos de entrada a países extranjeros antes de expirar. Y desde luego, cuando recorrió el pasillo de la iglesia siendo una inocente novia, no podía adivinar que años después se cubriría con las sábanas junto a un hombre que no era su marido. De hecho, nada de sus primeros años como esposa y joven madre podría haber presagiado la vida plena que llevaría una vez que tomara el control sobre ella y se alejara.

Justo antes de quedarse dormida, Leah miró hacia el escritorio de caoba cercano. Sobre él descansaba una gran funda de cuero. Contenía la escopeta de caza de Javier. Cuando se separaran por la mañana, se uniría a sus amigos ricos para ir a cazar jabalíes. Leah quería ir con él, pero eso no iba a suceder.

Se despertó al amanecer. La luz de la mañana brillaba sobre

el rocío acumulado en las ventanas. Con cada minuto que pasaba, las paredes de estuco blanco se iluminaban para destacar la escena que estaba a punto de desarrollarse. Una vez más, Leah repasó mentalmente la confrontación con Javier.

—Levantémonos —sugirió Leah cuando Javier se despertó junto a ella—. Tú te vas de caza y yo vuelvo a Madrid. Voy a llamar al servicio de habitaciones.

—Vale, pero ¿qué tal un poco de esto, primero? —deslizó sus piernas entre las de ella y hundió el rostro en su cuello.

Leah le dio la espalda sin decir nada, se levantó y cerró la puerta del baño tras de sí. ¿Estaba echándolo de su vida? Se metió bajo el vapor de la ducha, se secó, se vistió por completo y regresó a la habitación. Cuando miró a Javier a los ojos, su garganta se hizo un nudo. Tragó con fuerza.

—¿Qué sucede, Leah?

—Tenemos que hablar.

Ningún hombre desea escuchar esas palabras. Las mujeres exponen los sentimientos y los problemas sin ataduras. Los hombres quieren las soluciones en bandeja. Uno, dos, arreglado. La cara de Javier le dijo que no quería mantener una conversación seria; solo quería ofrecer la pregunta. Tratar temas desagradables no era su punto fuerte.

—Se acabó eso de ser tu amante a tiempo parcial —dijo Leah—. Ahora eres libre para estar conmigo permanentemente pero quieres vivir en una comuna haciendo el amor con muchas mujeres. ¿Qué sentido tiene eso?

Javier estaba sentado en la cama, aturdido. Se frotó la barbilla, humedeció sus labios, bajó la cabeza y suspiró.

—¿Qué sería de nosotros? –dijo—. Una relación seria pero a distancia significaría que yo fuera a Nueva York y que tú vinieras aquí. Pero no te veo viviendo en España. La barrera cultural es demasiado grande. Y no hablas español muy bien.

—Lo solucionaremos. Iré a clase. Podríamos vivir juntos en un lugar. Me vendré a vivir a España si quieres.

No contestó. En cambio, Leah observó esa mirada distante y desinteresada en sus ojos. Supo que habían terminado.

—No quiero comprometerme otra vez, Leah. Quiero una relación hermosa, pero casual. Quizá somos demasiado mayores para muchas de las cosas que la vida tiene que ofrecer. Tienes una vida plena y emocionante. Yo todavía estoy de luto y tengo hijos adolescentes a los que criar. No quiero dejar España y vivir en otro lugar, ni siquiera temporalmente. No sé cómo vivir con otra mujer o comenzar algo estable contigo.

—Cobarde. Deseaba de verdad oír otra respuesta. ¿Alguna vez me has amado profundamente?

Leah tenía el corazón roto y estaba enfadada. Las lágrimas se acumulaban en sus ojos.

—Por supuesto que te he querido y te sigo queriendo. De hecho, cada vez más, con el paso de los años. Qué pregunta tan tonta. De lo contrario no estaría aquí.

—Lo que pasa es que tu amor nunca fue lo suficientemente profundo. Nunca fue real. Con la edad cada vez me quiero más a mí misma. Qué flaco favor me he hecho viniendo a verte a esta habitación.

Quería gritar, arañarle los ojos y escupirle. En cambio, se sentó junto a él en la cama y le apartó las manos del rostro. Se inclinó y le besó en la mejilla. Él no respondió. Entonces ella se levantó, metió su libro en la bolsa, la cerró y la dejó junto a la puerta. Sacó la chaqueta del armario y se la colgó del brazo. Unos golpes en la puerta la sobresaltaron. Cuando abrió, encontró a un camarero del hotel dispuesto a introducir en la habitación un carrito con el desayuno y una rosa roja en un jarrón de plata. Leah se movió para dejarle pasar al ensordecedor silencio. Cuando se marchó, miró a Javier por última vez. Seguía sentado en la cama, en ropa interior, con las rodillas separadas y sosteniendo la cabeza con las manos.

—Por favor, no me dejes —dijo débilmente cuando levantó la vista.

—Eres patético —dijo ella, y cerró tras de sí con un portazo.

Leah caminó hasta la estación de autobuses para aclarar sus ideas. Qué tranquila y profundamente triste se sentía al mismo tiempo. Pero a lo largo de los años había aprendido que una relación sufre variaciones mientras cada integrante busca su posición. Javier y ella se conocieron en el vestíbulo de un hotel mientras Leah vivía temporalmente en España. Él era el caballero español. Ella era una americana de espíritu libre. Solo fueron amantes; una pareja incapaz de adaptarse a sus diferencias con el paso del tiempo. Si hubieran sido más jóvenes en ese hotel de Salamanca, quizá podrían haber crecido juntos. Ahora, con más de cincuenta años, solo tenían recuerdos. Al menos sabía cuál era su lugar con él. Ya nunca miraría atrás.

Leah se echó en cara todas las decisiones equivocadas que había tomado respecto a los hombres. ¿Por qué había prolongado una mala aventura amorosa esperando que se pusiera de su lado, sobretodo cuando había reconocido los obstáculos previos? ¿Sería su naturaleza ser una coleccionista de amor, como si éste fuera un rasgo arraigado en ella? ¿Podría estar reproduciendo el cuento sobre la naturaleza del escorpión que nunca cambia?

—Señora rana —dijo el escorpión sentado junto al río—. ¿Me llevas al otro lado?

—No.

—¿Por qué no?

—Si te llevo montado a mi espalda, me picarás y me ahogaré.

—Pero señora rana, si te pico yo también me ahogaré, porque no sé nadar.

—Es verdad. Venga, sube —dijo la rana, y se metieron en el agua.

A mitad de camino, el escorpión picó a la rana en la espalda. Mientras el veneno corría por sus venas, la rana miró hacia atrás.

—¿Por qué lo has hecho? Me prometiste que no lo harías. Ahora nos ahogaremos los dos.

—Lo siento, señora rana. Pero no he podido evitarlo. Es mi naturaleza.

Leah compró su billete a Madrid, esperó en la plataforma a que cargaran el autobús y comparó su conducta con la del escorpión. Ella no era así. No podía ser su naturaleza atraer hombres a su red para después matarlos con expectativas poco realistas. Ver a Javier fue un riesgo calculado; no tuvo la claridad de juicio suficiente y pensó que se convertirían en una pareja comprometida. Si hubieran retomado la aventura que él concibió, habría sufrido con esa decisión, habría dejado de sonreír y la culpa la habría atormentado. Por muy ridículo que pudiera parecer, habría tenido que aceptar su segunda o tercera posición. Su trabajo, su caza, sus amigos españoles, sus hijos y otras necesidades habrían tenido prioridad sobre ella. ¿Por qué pasar por eso cuando lo que ella quería era risa, unos ojos brillantes, sinceridad, paz, amor, ternura, una comunicación abierta y un sexo fabuloso y predecible? Decidió que aquella cita había sido una locura provisional por su parte. No volvería a hablar con él. No volvería a hacerse daño a sí misma nunca más. El malogrado encuentro con Javier había sido una gran lección, dura, pero bien aprendida. Había llegado el momento de crear una vida más completa y honesta para sí misma.

Mientras el autobús avanzaba, parando en pequeñas aldeas para recoger nuevos viajeros, se sintió eufórica pensando en un hombre estable. Algún día lo encontraría. Se acabó el dramatismo con los hombres.

—Dios mío —susurró—, si realmente queda un buen hombre en la Tierra que pueda amarme incondicionalmente, por favor, envíalo hasta mí. Estoy preparada.

Mientras pedía el deseo, en su mente apareció el proverbio italiano que había publicado en su página Web: *Por debajo del ombligo no existe religión ni verdad.*

CAPÍTULO TRES

LOS BUCÓLICOS PAISAJES DE CAMINO a Madrid se volvían borrosos ante los soñolientos ojos de Leah, que finalmente se cerraron después de la agotadora visita a Javier combinada con su persistente *jet lag*. Cuando finalmente el autobús se detuvo en la estación de AutoRes, Leah se frotó los ojos para despertarse y fue la última persona en salir. El mero hecho de estar de nuevo en la ciudad le provocó una ráfaga de adrenalina que le permitió caminar unas cuantas manzanas hasta la estación de metro, donde introdujo el billete de varios viajes en el torniquete. Su parada era Tirso de Molina, muy cerca del centro de Madrid. Aunque estaba familiarizada con la zona, recorrió el mapa de la plataforma del metro con el dedo y contó el número de paradas antes de bajar del tren.

Salió del metro y caminó la corta distancia hasta el edificio de su apartamento. Había planeado una buena noche de sueño. Al día siguiente caminaría por sus calles favoritas. Una nueva reflexión y una transformación urgente en su vida eran los puntos de su agenda. Leah adoraba Madrid. Se aclimataba rápidamente cuando llegaba; la ciudad había permanecido en su corazón durante mucho tiempo desde que puso los pies en ella por vez primera.

La primera parada sería el restaurante Museo del Jamón, donde pediría un bocadillo doble de jamón serrano y una cerveza. No era un lugar elegante, con todos aquellas patas de jamón curado colgando del techo, pero le encantaba mezclase en la barra con el resto de clientes. El Museo del Prado era visita obligada para ver su cuadro favorito: el tríptico de El jardín de las delicias, del Bosco. Delante de aquella obra maestra del siglo dieciséis siempre se formaba una pequeña multitud. Había quien interpretaba el óleo como una representación de los peligros de las tentaciones de la vida. Leah encontraba inspiración en la creatividad de otros, especialmente en los cuadros reveladores que contaban una historia profunda. Deseaba crear en sus novelas escenas igual de hermosas en las que los escenarios exquisitos, combinados con los desafíos de sus personajes, llenaran página tras página.

Sin embargo, según se acercaba a su apartamento, se sentía más abatida por el hecho de encontrarse sola. Mientras ascendía lentamente en el ascensor con forma de jaula, se sintió disgustada consigo misma al pensar en su reunión con Javier. Abrió el teléfono móvil y buscó su nombre.

—Esto, por la muerte de las buenas intenciones —dijo, y borró su número, pulsando con más fuerza de la necesaria.

Cuando Leah entró en el apartamento fue directa al dormitorio, donde tiró de una cadena para encender la lámpara de techo. Su gran maleta seguía sobre la cama con la etiqueta de la aerolínea todavía atada al asa. Muchos apartamentos antiguos de Madrid carecían de armarios empotrados. En su lugar, había un robusto armario de nogal ornamentado, sobre unos pies de hierro forjado. Giró la vieja llave y las puertas se abrieron con un crujido. Colgó todo lo que pudo y metió las prendas más pequeñas en el cajón inferior.

Cuando finalmente decidió que su habitación era demasiado oscura para la reluciente mañana española, abrió las cortinas de terciopelo rojo y subió la persiana exterior. No oyó sonar su teléfono hasta que la habitación se iluminó. Qué extraño. Muy poca gente tenía su número español. Miró la pantalla pero no aparecía ningún nombre, solo una secuencia de nueve números. Dudó por un momento, intentando recordar los últimos cuatro números del teléfono de Javier. Cuando estuvo segura de que no era él quien llamaba, contestó.

—Bienvenida otra vez, Leah. ¿Sabes quién soy? —preguntó la voz masculina.

—Vaya, hola, compañero de asiento Miguel —dijo ella, intentando ocultar su entusiasmo—. Qué estupenda sorpresa oír tu voz. ¿Así que no te has olvidado de mí?

—¿Olvidarme de ti? Nunca. He estado pensando en ti desde que te fuiste a Salamanca. ¿Qué tal fue, por cierto? —dijo, pero no esperó la respuesta. En cambio, le habló de su estupendo día en el Museo del Prado, gracias a un guía que le había mostrado las catorce obras maestras de visita obligatoria. Entonces Miguel hizo una pausa, dejando que Leah anticipara su siguiente frase—. ¿Te apetece venir conmigo a un espectáculo de flamenco esta noche?

A decir verdad, de lo único que Leah tenía ganas era de un paseo tranquilo por Madrid, una cena solitaria en la terraza de un restaurante para observar a la gente, un buen vino español y una buena noche de sueño.

—Por supuesto que voy. Me encanta el flamenco. Será genial verte otra vez.

Leah recordó cómo Miguel había despertado su interés en el avión; lo suficiente como para mantenerla hablando hasta el amanecer español. Le hizo sentirse viva. Se convirtió en una chica joven encantada con su coqueteo, a pesar de la madurez de su corazón. Bueno, quizá no fue coqueteo. Eso es lo que ella querría. Fuera lo que fuese, fue mágico. Y quería más. Sería una distracción divertida tras la cruda realidad con Javier.

$$\sim \heartsuit \sim$$

De su apartamento a la Puerta del Sol había un corto paseo. Allí, bajo la torre del reloj, se encontraría con Miguel. ¿Debería contarle lo sucedido con Javier? Probablemente no, ya que podía echarse a llorar al hacerlo. Puede que se olvidara de preguntarle de nuevo. Leah era una mujer fuerte y podía tratar prácticamente cualquier tema con cualquier persona, pero prefería olvidar lo sucedido en Salamanca.

—Aquí estás. Estás preciosa —dijo Miguel después de atravesar una pequeña multitud para saludar a Leah.

Leah se estremeció con su abrazo. Una ligera fragancia de colonia la alcanzó cuando sus suaves mejillas la rozaron con dos besos que se escaparon por el aire. Qué actitud tan optimista y contagiosa mostraba.

—Antes de ir al tablao, vayamos a comer algo rápido. Viniendo hacia aquí he descubierto un sitio de tapas estupendo.

—¿Qué te parece si vamos al Museo del Jamón? Está a una manzana de distancia. Necesito mi primer bocadillo en Madrid. ¿Te parece bien?

Se lo pareció.

—Pareces un poco apagada —dijo Miguel mientras caminaban—. ¿Va todo bien?

—Estoy bien. Solo un poco pensativa. Me pasa de vez en cuando —dijo ella, y le condujo al interior del restaurante, mostrándole la selección de embutidos y las patas de jamón curado colgadas del techo.

Leah adoraba el flamenco. Miguel nunca había visto el baile en directo ni sabía mucho sobre sus orígenes. Cuando se sentaron en una pequeña mesa junto al escenario, Leah le explicó que el flamenco nació en la Costa del Sol, una región de la costa meridional española. Muchos de los bailarines eran de origen gitano. Desde su nacimiento estaban programados para comprender el lenguaje y la música flamenca. El único requisito necesario para que el resto del mundo experimentara esta forma artística exquisita era la pasión por la belleza, la pena y el dolor del flamenco.

—¿Cómo sabes tanto? —preguntó Miguel mientras el tablao se llenaba de animados clientes.

—Cuando viví en España hace años, estuve en Andalucía viendo a los profesionales del flamenco. Soy una verdadera admiradora. Tu invitación ha sido perfecta para mí.

Entonces le explicó los tres elementos del flamenco: la canción —que era lo más importante—, los bailarines y la música, de guitarra, principalmente. Las palmas de los intérpretes, sentados en el escenario en una fila de sencillas sillas rústicas, formaban el acompañamiento mágico a los pies de los bailaores. El repiqueteo en la música flamenca imitaba los sonidos de una forja. Muchos andaluces habían trabajado como herreros. Muchas veces, las letras eran improvisadas y se componían en el escenario.

—Si me entregas tu fragancia, yo te daré mi alma. ¿No te parece sexy? Es lo mejor que he escuchado —dijo Leah.

Antes de que pudiera responder, las luces se atenuaron y varios guitarristas subieron al escenario seguidos de seis bailaoras. Cada una se echó un mantón con flecos por encima de los hombros. Las mujeres tenían el cabello de color negro azabache recogido en un moño adornado con una flor roja sobre la oreja.

—¡Olé! —gritaron algunas personas de la audiencia cuando las castañuelas de las bailaoras se unieron al ritmo de las guitarras.

Después del espectáculo, Miguel y Leah pasearon en la neblina de medianoche hasta que llegaron a la Plaza Mayor de la ciudad, un enorme espacio cuadrado que, como la plaza de Salamanca, tenía una antigüedad de siglos. El ambiente era el adecuado para el gesto tranquilo de Miguel, invitándola a sentarse a una mesa a tomar una copa.

—Sé que no es asunto mío y me lo puedes decir, pero, ¿qué pasó con Javier en Salamanca? —preguntó Miguel cuando dejó de alabar la belleza que les rodeaba.

—Nuestro idílico encuentro fue un desastre. Me quiere como compañera a tiempo parcial, una especie de amante ocasional. Todavía se lamenta por su difunta esposa y quiere ser un dedicado viudo con hijos y sin compromisos.

—Y, ¿qué le dijiste?

—Yo quería que fuéramos una pareja comprometida.

—¿Y?

—No va a ser así. No quiero volver a verle ni a hablar con él. Y pensar que todos esos años desde que nos conocemos se han esfumado... Voy a echar de menos esa amistad. Ah, qué se le va a hacer...

—No esperaba esa respuesta.

—Tú tienes buena intuición. ¿Por qué me ha querido tanto tiempo para después rechazarme? Sé que me quiere, pero no lo suficiente.

—*La familia* es muy importante para los españoles. Puede imponerse sobre muchas cosas. Si ha metido a su familia de por medio, puedes despedirte de él. Pregúntate si quieres involucrarte en una situación como esa de por vida. El recuerdo de su mujer y sus hijos siempre estará por delante de ti.

—¿Tiene algo que ver con las diferencias culturales? Lo sacó a relucir.

—Eso también pero, básicamente, le falta valentía en lo que se refiere a las mujeres. Conozco muchos hombres como Javier en España e incluso algunos en Estados Unidos. Para ellos es importante cómo les perciben los demás a ellos y a su matrimonio. Te quiere. De eso estoy seguro. Pero no esperes que cambie. Eres demasiado independiente para él.

—Antes no era así. ¿Por qué volvió a casarse con su ex-mujer?

—Probablemente tenían un matrimonio extraño pero, a su manera, la quería. Olvídale, Leah. No va a vivir la vida que necesitas. Yo también soy español pero he vivido en Estados Unidos lo suficiente como para saber apreciar a una mujer como tú. Olvida a Javier.

Su perspicacia la sorprendió. Antes de que pudiera responder, unos músicos itinerantes de la tuna se detuvieron ante su mesa para darles una serenata. Este grupo de trovadores recreaba una tradición comenzada en el siglo doce, cuando algunos estudiantes universitarios se mantenían gracias a los donativos de su audiencia. El grupo seguía vistiendo las ropas tradicionales; chaquetas negras con mangas recortadas; pantalones negros cortos, por encima de las pantorrillas; leotardos negros y zapatos, complementados con una camisa blanca y una banda cuyo color representaba la facultad del tuno. Cuando dejaron su mesa para ir a cantar a otra pareja, Miguel sugirió que era el momento de marcharse.

—Qué noche tan hermosa, Leah —dijo, y buscó su mano.

Se entretuvieron en el portal de su apartamento. Leah quería invitarle a pasar, pero resistió el impulso. En lugar de eso, le deseó un buen viaje a través de Castilla León y Castilla-La Mancha, que iba a iniciar a la mañana siguiente. Estaría fuera dos semanas y volaría de vuelta a Virginia sin pasar por Madrid.

—Llámame durante el viaje, si te acuerdas. Me encantaría conocer tus impresiones sobre España —dijo Leah cuando se separaban.

—¿Qué te parece si desayunamos juntos mañana antes de que me vaya a Segovia? A lo mejor me podrías dar algunos consejos de viaje –dijo, vacilante.

—Me encantaría. Has oído hablar del acueducto de Segovia, ¿verdad? Oh, y no dejes de comer cordero o cochinillo asado. Pensaré en más cosas —dijo ella, encantada por su deseo de verla de nuevo.

$$\sim \heartsuit \sim$$

—¿Conoces Segovia? —preguntó Miguel cuando terminaron de desayunar.

—Sí. Un lugar muy bonito.

—¿Quieres verlo otra vez? —dijo él, suavemente.

—¿Ahora? —Leah no daba crédito. Había visitado la famosa ciudad con el acueducto romano muchas veces, pero aceptó la oferta entusiasmada.

¿Qué estaba sucediendo? Sus mensajes de correo quedarían olvidados; su intención de escribir, saboteada; sus amigos, ignorados y los largos paseos, abandonados. En lugar de eso, pasaría el día el Segovia con el tierno Miguel. Más tarde, Miguel confesaría que tuvo dudas respecto a su invitación cuando Susan, su novia de Virginia, cruzó sus pensamientos. Invitó a Leah de todos modos.

—Compañeros de asiento de nuevo. Destino, Segovia —dijo Miguel mientras abrochaban sus cinturones de seguridad—. Encantado de tenerla a bordo, señora —añadió, con un saludo.

Una vez en la carretera, la magnífica autopista libre de carteles publicitarios, se abrió ante ellos con vistas panorámicas de la meseta, el gran altiplano en el centro de la península Ibérica. En ocasiones, crudos tonos castaños y grises destacaban sobre la tierra reseca. Las balas cuadradas de heno se apilaban en forma de escalera o salpicaban azarosamente los campos. Fue un viaje encantador.

La conversación incluyó sus personajes favoritos de la literatura, muchos de cuyos nombres eran nuevos para Leah. Rieron y compartieron anécdotas sobre sus vidas. Pero, aparte de la conversación, algo más estaba sucediendo y ambos lo sabían. Eran expertos en el arte de la seducción y sus consecuencias. Cuando decidieron escapar a Segovia, Miguel rompió su compromiso con una mujer confiada que esperaba en casa. Leah también la traicionó, aunque ninguno de los dos mencionó este hecho.

A pesar de ser personas de éxito con algunas canas, actuaron como adolescentes despreocupados que estiraban cada hora al máximo. Llegaron a la gloriosa Segovia por la tarde.

Absorbiéndolo todo, se sentaron en la terraza de un café en una plaza agradable y acogedora rodeada de edificios de piedra adornados con balcones de hierro forjado cubiertos de geranios.

La tarde avanzó y pasearon cogidos del brazo, parando ante los escaparates y riendo por las calles de piedra. Miguel tenía un sentido de la oportunidad cómico e interpretaba roles teatrales. En un momento era un español escandaloso y enfadado gesticulando con vehemencia. Después bajaba la voz varias octavas y se convertía en un anciano con la voz áspera.

Al doblar una esquina, se toparon con la catedral de Segovia, del siglo dieciséis y con varias torres. Los focos de luz caían iluminando la Plaza Mayor y su quiosco de música adornado con hierro forjado. Absortos por la belleza de la ciudad, Miguel y Leah no escucharon la campana de la torre del ayuntamiento marcando la hora. Cuando finalmente comprobaron los horarios de trenes y autobuses, era muy tarde para que ella regresara a Madrid.

—¿Qué te parece si cenamos en Segovia? Cambiaré mi habitación con cama de matrimonio por una con dos camas. Podrás volver a Madrid por la mañana —sugirió Miguel.

—De acuerdo. Parece un buen plan —contestó Leah, vacilante.

La realidad era que no tuvo una respuesta rápida y no supo qué hacer. Su propuesta de reservar dos camas le hizo sentirse un poco atrapada. Intimar con Miguel no era lo que tenía en mente. Asumió que él tampoco. Nada de lo que había sucedido ese día daba a entender un romance. Su invitación al hotel no tenía un matiz sexual; de lo contrario, ella habría optado por reservar su propia habitación. Había hecho el amor con Javier en Salamanca y no estaba preparada para hacer el amor con un hombre diferente tan pronto. Y no era su estilo sentirse forzada por una sugerencia como ésta. Era demasiado sofisticada para esas tonterías. No podía creer que Miguel fuera tan ingenuo como para pensar que se acostaría con él. Eran dos nuevos amigos, compañeros de asiento, ahora en España. Le gustaban las cosas como estaban.

Pero le estaba resultando difícil resistirse al encanto de Miguel, sobretodo cuando hablaba con otros españoles en su idioma. Sonaba tan cortés y elegante. Observó sonriendo en silencio cómo Miguel detenía a una encantadora pareja de ancianos para pedirles su sugerencia de un restaurante perfecto.

El anochecer llegaba con una brisa fresca. Leah había entrelazado su brazo al de Miguel y se juntó más a él para sentir su calor. La elección de la mujer fue el cercano restaurante José María. Tenía un cochinillo de hierro fundido de un metro y medio de ancho en la fachada, tendido sobre una sartén, con la cabeza y las patas colgando por fuera. Los camareros experimentados podían cortar el cochinillo asado con el borde de un plato. Acomodaron a la pareja en una mesa trasera. Cientos de cuellos de botella, algunos cubiertos de polvo, sobresalían de un botellero con la forma del acueducto, fijado a la pared. Los camareros vestidos con traje negro corrían de un lado a otro con servilletas blancas colgadas de un brazo, que hacían juego con los manteles de las mesas. Algunos platos de cerámica artesanal de Talavera de la Reina rodeaban en la pared una foto del rey de España, Juan Carlos I, estrechando la mano del propietario del restaurante. Y mientras la multitud charlaba animadamente en un murmullo constante, Miguel y Leah intercambiaban palabras cada vez más suaves y más dulces según pasaban las horas y fluía el vino.

—Me encantan tu rostro y tus ojos —dijo él—. De verdad, me gustas mucho, Leah.

—Bonitos cumplidos, Miguel. No pares.

—¿Puedes creer que estemos cenando en Segovia? Cuando me senté a tu lado en aquel avión, mi viaje no incluía esta noche contigo. Cada día tenía un propósito; cada noche tenía una habitación de hotel para uno.

—Bueno, a veces cuando viajamos nos toca una varita mágica. Quizá eso es lo que ha sucedido. Celebra la vida. Ahora mismo estamos viviendo lo mejor de ella.

Leah le dio de comer a Miguel de su plato, mientras se pasaba la lengua por los labios. La larga y encantadora cena terminó con una copa, cortesía de su camarero. Cuando dejaron el restaurante, Leah se dio cuenta de que nunca pretendió enamorarse de Miguel —nunca— pero bajo las estrellas, una luna traviesa les condujo hasta el hotel, un camino corto por una calle decorada con faroles antiguos.

La llegada a la habitación 104 se convirtió en una niebla en su recuerdo. Su primer recuerdo claro era salir de la ducha caliente con los pezones erectos. Ya que no tenía camisón, tomó prestada una camiseta de Miguel y se puso las braguitas de encaje para el camino hasta su cama. Tenía una decisión fundamental que tomar respecto al intenso deseo que la calentaba y la humedecía tan intensamente como lo había hecho la ducha. Decidió compartir su confusión.

—Miguel —dijo al abrir la puerta del cuarto de baño. Él se acercó, vestido con una camiseta y calzoncillos—. Estoy confusa. No sé qué hacer. Hemos pasado un día maravilloso. No quiero que se termine. Ahora estamos solos en esta habitación. ¿Qué nos pasará si hacemos el amor?

—Aquí tienes mi respuesta —dijo él, colocando la mano sobre su erección oculta.

—Lo imaginaba —susurró Leah, besándole brevemente en la puerta del baño antes de salir. Penetró en la habitación con las dos camas y eligió la más cercana a la pared. Miguel se mantuvo en las sombras, observándola.

—Te deseo —dijo ella, cuando sus ojos se encontraron.

Miguel se acercó lentamente hasta la cama, se tumbó junto a ella y deslizó un brazo bajo su nuca mientras con el otro la atrajo hacia él. Susurraron palabras de afecto sobre su almohada compartida, palabras que ninguno de los dos había pronunciado en voz alta. Cuando sus cuerpos desnudos se tocaron, fue la continuación inevitable de sus mentes conectando en el avión. Los primeros besos de Miguel fueron cortos y extraños, como los de un colegial. Las contraventanas estaban ligeramente abiertas y la luz dorada que se reflejaba en su habitación desde el farol del siglo XIX era la manta que los cubría. Si hacía frío en la habitación, ellos no se percataron. Las palabras se desvanecieron cuando sus besos se intensificaron.

—*Te adoro*, Leah —susurró Miguel, mientras su lengua humedecía su oreja—. Te adoro —repitió—. ¿Qué nos está pasando?

—No lo sé —dijo ella en un suspiro.

Miguel sostuvo su cabeza entra sus delicadas manos, buscó los ojos de Leah con los suyos, sonrió con ternura y deslizó suavemente la lengua en su boca abierta. Ella le aceptó y empujó el cuerpo contra el suyo, devolviendo su pasión. La lengua húmeda de Miguel recorrió sus pezones y bajó por su cuerpo hasta que Leah pudo ver sus ojos adorables mirándola desde entre sus piernas. Miguel era un amante soberbio, generoso.

—Esto lo cambia todo —exclamó ella, jadeando, mientras Miguel probaba una Leah diferente.

Cuando Miguel levantó las piernas de Leah para moverse lentamente sobre ella, frotó su erección contra la humedad entre sus piernas. El único sonido que Leah escuchó cuando él se abrió paso en su interior, fue el fluir de sus propios jugos, asegurando a Miguel que por fin estaba en su hogar aquella noche. Cuando Leah giró para colocarse sobre él, Miguel acarició sus caderas. Momentos después, Leah acarició sus muslos, separándolos despacio para tomarlo con la boca.

—Sabes lo que haces —gimió él, con un suspiro—. Eres una cortesana del siglo dieciocho.

Bromeando, Leah preguntó si una cortesana del siglo dieciocho podía traducirse en una puta actual.

—En absoluto. Eres hermosa, inteligente y te encanta hacer el amor. Y lo haces realmente bien.

Era un cumplido supremo. Una medalla de oro otorgada a ella sobre un pedestal de sábanas. Imaginó las mujeres sensuales de años pasados que amaron a los caballeros en las novelas que Miguel guardaba en su cabeza y en su corazón.

—Un hombre nunca habría sido suficiente para ti —dijo él, cuando Leah alcanzaba el clímax.

Cuando Miguel se quedó dormido, Leah permaneció despierta, agitando la cabeza contra la almohada. ¿Qué había hecho? ¿Qué habían hecho? ¿Y qué vendría a continuación?

La vida nocturna española es famosa y la juventud de Segovia estuvo a la altura de su reputación hasta altas horas de la mañana. Chicas sobre ruidosos tacones y chicos alborotadores desfilaron bajos sus ventanas entreabiertas mientras Miguel dormía. Leah no lo hizo. La calle de piedra de Isabel la Católica bajo su ventana honraba a la reina española del siglo quince que financió el viaje de Cristóbal Colón al Nuevo Mundo. ¿Estaba ella a punto de iniciar un nuevo viaje con Miguel? ¿Cómo habían intimado tan rápido? Ella acababa de romper con un hombre al que quería como compañero de por vida. Miguel tenía una novia en casa. Quizá el alcohol y la cena habían reducido su resistencia. Quizá la sensual y caliente España les había arrastrado hasta la cama. O quizá no. Su vida de soltera tenía sus ventajas pero, ¿qué estaba haciendo en la cama con un compañero de asiento al que acababa de conocer?

—Hagamos el amor otra vez —dijo él cuando despertó lentamente y buscó a Leah, justo cuando empezó a sonar el teléfono—. No contestes —dijo Miguel con rapidez, sentándose en la cama. Su petición llegó tarde. El "hola" de Leah ya pasaba a través del receptor.

—Era mi llamada despertador. ¿Recuerdas que tengo que coger el autobús de vuelta a Madrid esta mañana? —dijo ella cuando hubo colgado. Una sensación demasiado familiar la invadió cuando observó a Miguel con la mirada fija al frente. Un hombre comprometido en la cama de otra mujer siente terror si piensa que le han descubierto.

—En Virginia son las dos y cuarto de la mañana. Probablemente tu novia está durmiendo en tu cama y tú estás en la mía —dijo Leah.

—No quiero que te vayas —dijo él, atrayéndola hacia sí y colocando su erección entre las piernas de Leah.

La noche los había transformado en amantes instantáneos y húmedos y de nuevo se introdujo dentro de ella con facilidad. Su orgasmo lujurioso nació en algún lugar de su corazón, su cuerpo y su alma, que había permanecido dormido durante años. Las palabras en español que jadeó entre dientes convocaron a las deidades del cielo.

—No me corría en español desde hacía años —dijo, y se desplomó sobre un lado de la cama.

El viaje en el agobiante autobús de vuelta a Madrid puso enferma a Leah. El café y el bollo que había compartido con Miguel en un rápido desayuno se cortaron en su estómago. La abundancia de vino la noche anterior generaba un dolor de cabeza intenso. Colocó la cabeza contra la ventanilla fresca del atestado autobús que avanzaba dando tumbos. ¿Cómo una sencilla invitación a Segovia se había convertido en una noche con Miguel, una resaca y una excitación sexual en su recuerdo que aún la mantenía húmeda? Ella no era tan impetuosa como para fugarse de cualquier manera con un desconocido, pero eso era exactamente lo que había hecho. Era una mujer experimentada con un buen instinto para elegir compañeros de cama duraderos y no relaciones de una noche. Se suponía que su viaje a Madrid debería resolver problemas que remordían su psique, no crear problemas nuevos. Pero que gran alegría le había aportado Miguel.

Cuando el autobús aparcó en la estación de Madrid, Leah ya había salido y entrado en la ciudad dos veces, a pesar de llevar tan solo cuatro días en España. No había contactado con ninguno de sus amigos de la ciudad ni con su familia en Estados Unidos. La nevera estaba vacía; sus mensajes de correo sin contestar. Estaba completamente agotada, física y emocionalmente. Se había acostado con dos hombres y ninguno permanecía a su lado.

El apartamento de Leah, con sus balcones que daban a una plaza verde con una fuente borboteante, formaba una vista acogedora. Una vez dentro, fue directa al dormitorio, bajó las persianas metálicas, se dio una ducha, se deslizó desnuda bajo las sábanas y durmió durante el día entero.

~ ♡ ~

—Tengo que hablar contigo en seguida —le dijo Leah a su amiga Rocío. Fue la primera llamada que hizo cuando se despertó. Seguía en la cama cuando se estiró para alcanzar el teléfono.

—Bienvenida a Madrid, Leah. ¿O debería decir bienvenida a casa? ¿Dónde estás? Perdí tu número de teléfono y me estaba poniendo nerviosa al ver que no llamabas.

—Dios mío, Rocío. Han pasado cosas increíbles. No se porqué lo hice. ¿Puedo verte en una hora?

—Por supuesto, pero dame una pista. Tú siempre tienes una historia. Esta suena muy especial.

—¿Una pista? Piensa en compañero de asiento, Segovia, lujuria y confusión.

—¿Qué? Bueno, no importa. Ven a verme, prepararé paella. Lo sé, lo sé, sin marisco para ti, solo pollo. No tardes.

—Genial. Yo llevo el vino.

Renovada y deseosa de ver a su amiga, Leah se vistió con rapidez y tomó un taxi hasta el apartamento de Roció en la calle Lagasca, en el acomodado barrio de Salamanca. El edificio tenía un portero que le abrió la puerta, un moderno ascensor y pasillos de mármol pulido. Rocío había decorado su espacioso hogar de dos habitaciones con un gusto exquisito. Leah adoraba a su amiga, pero no a sus gatos. Las dos amigas se habían mantenido en un contacto frecuente que había evolucionado con Skype y el correo electrónico. Uno de sus temas favoritos eran los hombres.

—*Guapa* —dijo Rocío, abriendo la puerta para recibir a Leah—. Estás maravillosa.

—Pasa, pasa —repitió, después de que se unieran en un largo abrazo de oso—. Vamos a descorchar el vino y me cuentas tu fantástica historia. ¿O solo debería preguntar su nombre? Espera, no me lo cuentes todavía. Primero necesitamos dos copas llenas de vino. ¡Vaya! Mira esa sonrisa en tu cara.

Leah salió a la terraza mientras su amiga preparaba las bebidas. Las vistas eran limitadas, ya que el apartamento se encontraba en un barrio congestionado. Miró por encima de la barandilla, recordando la cantidad de veces que Javier la había llevado de tiendas por las lujosas calles de abajo.

—De acuerdo, querida, empieza —dijo Rocío cuando se unió a Leah y brindaron—. ¿Quién es el hombre misterioso?

—Miguel Santiago —dijo Leah, envolviendo su nombre entre sus labios fruncidos—. Era mi compañero de asiento en el vuelo hasta aquí. Charlamos durante todo el vuelo. No esperaba volver a verle, pero nos escapamos a Segovia e hicimos el amor. Es increíble que me haya pasado esto. Javier y yo nos acostamos en Salamanca, pero hemos terminado. Hemos terminado por completo.

—Hablas muy rápido, Leah. Para un poco, por favor, no puedo seguirte. Los amantes, de uno en uno.

Rocío, impertérrita, no apartaba la mirada de Leah. Un gato saltó a su regazo. Todavía tenía un cuerpo estiloso, con las caderas estrechas, el pecho redondeado y las piernas largas. Su piel perfecta contrastaba con su cabello negro azabache recogido en un moño con una peineta. Sus caras ropas procedían de las tiendas más exclusivas de la calle Serrano, acentuadas con fulares comprados en Loewe. Rocío llevaba pulseras de oro de 18 quilates y perlas de Majorica.

También era una mujer experimentada y Leah se sintió cómoda explicando sus correrías sexuales de los últimos días. Aunque su amiga había mantenido muchos romances, dentro y fuera del matrimonio, se había asentado con la edad y era juiciosa.

—Escucha. Javier es como la mayoría de los hombres —dijo Rocío—. No quiere entrar en un conflicto emocional contigo y ha tomado la vía de menor resistencia. Ha vuelto a lo que era una conducta cómoda y familiar. Tú eras su amante, incluso tras la muerte de su mujer.

—Entonces no te gustan las aventuras amorosas. ¿Es eso lo que estás diciendo? ¿O las aventuras con hombre casados o españoles con esposas difuntas? —preguntó Leah, un poco molesta con su amiga.

—Solo deberías relacionarte con hombres solteros que quieran una nueva mujer. Aprende de mis errores, Leah. ¿No recuerdas el delirante y doloroso affaire que mantuve con Ricardo?

Era un español, casado con una española, que vivía en Nueva York. Rocío y él fueron amantes mientras él seguía casado y viviendo en Nueva York.

—Todavía me deshonran a mis espaldas y duele. Estábamos profundamente enamorados. Pero cuando descubrieron nuestra relación, perdí a mi marido, su dinero, mi posición en la sociedad española y la autoestima. Ricardo solo me perdió a mí. ¿Y sabes qué? —dijo Rocío. Intentó reír y sin embargo aparecieron las lágrimas—. Ricardo sigue casado y él y su mujer tienen los recuerdos de una larga vida juntos y yo soy uno de esos recuerdos. Mi marido y yo estuvimos separados durante años hasta que la ley española nos permitió divorciarnos. ¿Habría tenido aquella aventura si hubiera sabido las consecuencias? No. Debería haber sido más sensata. Soy española, pero el amor y la pasión no tienen consciencia. *La familia*, los matrimonios españoles, las infidelidades y el rechazo al divorcio son una forma de vida arraigada en algunos de nosotros.

—¿He hecho lo correcto dejando a Javier? —preguntó Leah.

—Desde luego. ¿Por qué me preguntas eso? Sabes que has hecho bien. Sigue adelante, te mereces algo mejor. Ahora, háblame de Miguel. Parece que éste promete.

—Sinceramente, puede que no te guste esta historia —dijo Leah y rememoró el vuelo y Segovia.

—Es increíble. Encantador. Y ¡vaya amante! Estoy loca por él. Fue lujuria, desde luego, pero había algo más. Tiene novia en Virginia.

—Oh, vamos, Leah. ¿Una novia en casa? —dijo Rocío mirando hacia abajo y encogiéndose de hombros—. Eso que habéis hecho no está bien.

—Lo sé, lo sé. Pero no está prometido ni casado. Habla de ella como si fuera una hermana o su mejor amiga. Para mí, fue sexy. Y en el momento perfecto después de la decepción con Javier. No creo que vuelva a ver a Miguel. Solo quería ver tu reacción ante esta historia inverosímil de compañeros de asiento. Así que, ¿cuál es tu consejo? ¿Qué debería hacer?

—¿Sinceramente? Creo que el amor lujurioso en el que

pierdes el norte es una enfermedad. Evítalo. Cultiva una amistad profunda y después haz el amor pero nunca cuando alguien está comprometido con otra persona. La relación funciona mejor sin una mentira como cimiento. Miguel volverá. Acuérdate de mis palabras. Pero olvidemos a los hombres por ahora y vamos a comer paella. Prefiero que me cuentes cosas sobre tu familia y los planes de boda de tu hija —dijo Rocío mientras cogía el vaso de vino de la mano de Leah y la conducía a la cocina.

CAPÍTULO CUATRO

PARA LEAH UN VIAJE A MADRID no estaba completo sin una visita a El Corte Inglés, la cadena de centros comerciales más grande del país. Tras su visita a Rocío, pasó por allí y llenó su carro con queso manchego, chorizo, almendras Marcona, pan recién hecho, todavía caliente, un combinado de aceitunas y comidas para calentar en el microondas. En la cola de la caja, una llamada de teléfono ahogada permaneció sin responder hasta que Leah se dio cuenta de que provenía de su bolso.

—He vueltoooooo —dijo Miguel con una risita, cuando contestó.

—Vaya, ahora no puedo hablar. ¿Puedo llamarte después?

—De acuerdo. Estoy en el hotel de Segovia. Habitación 104. Espero que recuerdes lo que nos pasó allí. Te echo mucho de menos.

Leah deseó tener ruedas en los pies mientras corría a casa. Una vez dentro, colocó las bolsas de la compra en la mesa de la cocina, se sirvió un vaso de vino tinto y marcó el número del hotel de Segovia. Al oír el sonido de la voz de Miguel, inspiró profundamente y se imaginó junto a él en la cama.

—Adoro Segovia —dijo él. Había permanecido un día más

para pasear por la ciudad, regresando al hotel con ampollas en los pies y la nariz quemada por el sol. Había almorzado en un restaurante famoso bajo el famoso acueducto, comiendo lentamente, intentando evaluar lo que le había sucedido desde que conoció a Leah.

—Me siento muy inquieto respecto a aquella noche. No es por ti, es por mí. Me siento culpable. Susan confía en mí cuando viajo solo. ¿Cómo he podido romper esa confianza? —Su voz se apagó.

—Nos dejamos llevar por las circunstancias del día, que nos condujeron a una noche increíble de sexo. No puedo dejar de pensar en ello pero no me siento culpable. Ojalá no vivieras con alguien.

Hablaron largo y tendido, coincidiendo en opinar que, si alguno de los dos hubiera estado casado, no lo habrían hecho. Una aventura amorosa entre dos personas solteras es una cosa. Pero él no estaba totalmente soltero. Pero tampoco era adulterio. No obstante, lo que sucedió no estaba bien.

—Puede que te cueste creerlo, pero soy un hombre monógamo. Mentir a alguien requiere mucha energía y capacidad de engaño. Cuando estoy en una relación, me vuelco por completo. He viajado solo otras veces y lo que sucedió contigo no me había ocurrido nunca.

—Ahora mismo me siento utilizada. ¿Lo de Segovia fue un polvete rápido y esto es una llamada de despedida? Si es así, sigamos adelante cada uno por nuestro lado. No somos adolescentes; estamos en nuestros cincuenta. No me arrepiento de nuestra noche, juntos. Pero estoy confundida. Maldita sea, sigo diciendo "confundida" porque no sé cómo llamar a esta sensación. Me secuestraste con ese viaje a Segovia. Después me sedujiste. Ahora estamos juntos en esto.

—Te echo mucho de menos, Leah. Te deseo a mi lado todo el tiempo —dijo él—. ¿Qué te parece si nos vemos en Salamanca mañana? Me alojaré en el mismo hotel en el que estuviste con Javier. ¿Eso te incomodaría? Podemos encontrarnos en el vestíbulo.

—Podemos vernos allí. Yo también quiero volver a verte.

—Genial. Elegiré algunos CD para nuestro viaje a la región del vino. Pasaremos el día y la noche allí. Qué diablos. ¿Lanzamos el dado mientras estamos en España y vamos a por ello?

—De acuerdo. Pero no olvides que esto solo es un romance exclusivo "hecho en España".

Cuando finalizó la llamada, Leah se sentó en el mullido sillón estampado del salón y sacudió la cabeza incrédula. Se sorprendía a sí misma. ¿Por qué escapaba con un hombre que ofrecía un futuro nulo como pareja? Solo servía para unos cuantos días de risitas, abrazos, un sexo estupendo y un poco de ternura. Ella quería un hombre libre. Quería un compromiso. Alguien especial a quien llevar a la boda de su hija. Pero algo en su interior le indicaba que siguiera a su corazón, no a su cabeza pesimista.

Quería llamar a Rocío para darle las noticias sobre Miguel. Pero imaginó que su amiga apagaría la alegría. En lugar de eso, pasó una tranquila tarde navegando por sitios Web de la región vinícola española. Llamó a sus hijos para decirles que había llegado a Madrid. Dana había salido, seguramente para hacer algunas compras para la boda, así que Leah le dejó un mensaje. No había ninguna necesidad de mencionarle a Miguel. Aquel escarceo era una tontería. No necesitaba que se lo recordaran.

Aquellas dos visitas a Salamanca en una semana con dos hombres diferentes, inquietaban a Leah cuando el autobús llegó a la estación. Era perturbador. La ruta a pie hasta el hotel era la misma que siguió para encontrarse con Javier. De nuevo se maravilló con los edificios medievales y escuchó el crotorar de las cigüeñas y las campanadas de la iglesia. Qué extraño era todo esto. ¿Qué estaría pensando Miguel? Leah no se sentía tranquila en absoluto cuando penetró en el vestíbulo del hotel. Se sentía muy incómoda. Miguel estudiaba el estante de folletos turísticos. Parecía dubitativo cuando la saludó con los habituales dos besos en las mejillas.

—Demos un paseo por Salamanca antes de iniciar nuestro largo viaje —dijo ella, con la esperanza de aminorar el malestar. Tomó su mano mientras él utilizaba la otra para buscar su guía de bolsillo en la chaqueta. Con cada manzana que pasaban, su velocidad se reducía a un paseo más pausado hasta que llegaron a un pequeño patio renacentista, parte de la universidad de Salamanca, donde se ubicaban las Escuelas Menores. Muchos siglos atrás, los estudiantes grababan sus iniciales en el edificio con tinta fabricada con sangre de toro mezclada con aceite de oliva y hierbas.

—Fíjate bien en los relieves. A ver si encuentras la rana sobre una calavera —dijo Miguel, señalando la foto en la guía—. Si la encuentras, tienes garantizado el éxito en varias facetas de tu vida.

A Leah le gustaba aquella en la que una mujer encontraba a su compañero, pero no logró encontrar la rana.

—Vamos a traducir esto —dijo ella, deteniendo a Miguel junto a una inscripción en otro edificio.

Primero la verdad, que la paz.

—Antes la verdad, después la paz —dijeron al unísono.

—¿Estás de acuerdo? —preguntó Leah. Miguel no respondió.

—Háblame de Susan —dijo ella—. ¿No deberías estar con ella hoy, en lugar de conmigo?

—Te hablaré de todas las mujeres. Es una lista larga. Quería que Susan fuera la última mujer con la que hacía el amor pero puede que cometiera un error cuando le pedí que se mudara conmigo. Falta algo importante, pero creo que soy demasiado viejo para encontrarlo en otra parte. ¿Estás preparada para mi historia? —preguntó y condujo a Leah a la terraza de un café en la Plaza Mayor.

—Adelante —dijo ella suavemente, cuando encontraron una mesa al sol.

~ ♡ ~

Algunos hombres no cautivan a las mujeres; Miguel las atraía como un imán. Adoraba su fragancia, su risa cantarina y sus cuerpos sensuales que recibían el suyo en su interior, extrayendo de él todo signo de indiferencia. Opinaba que nada se podía comparar a un hombre y una mujer haciendo el amor. Nada.

—Te quiero —le había dicho a muchas mujeres siendo un veinteañero y lo decía en serio. Cuando miraba en la profundidad de los ojos de las mujeres y susurraba los secretos de su cama, reconocía instintivamente su momento de conquista cuando sus hombros caían mínimamente. Nunca se consideró un mujeriego; simplemente, adoraba a las mujeres. Cuando surcaba sus treinta y sus cuarenta años, sus ofrendas a las mujeres crecieron en valor al convertirse en un hombre adinerado con el negocio familiar. Sus hogares escalaron desde un desordenado apartamento de una habitación a una lujosa casa de tres habitaciones con ama de llaves y jardinero. Sus muebles, anteriormente comprados en tiendas de segunda mano, incluían ahora un suntuoso juego de cuero para el salón, alfombras orientales y accesorios valiosos. El interior de su Mercedes aparcado en la entrada olía a nuevo, porque lo era, todos los años.

En sus primeros treinta, se casó con Joanne, tímidamente

consciente de que la gente cuestionaba su prolongada soltería. Un hombre mayor le aconsejó casarse con una mujer delgada y limpia porque con el tiempo se volvería gorda y sucia. Joanne era una chica dulce, de baja estatura y buena cocinera. Qué era el amor, pensó, sino un sentimiento fugaz. El sexo era un misterio infinito. Siempre lo necesitaba y siempre estaba disponible. El matrimonio pronto se convirtió en una obligación que no podía satisfacer. Las expectativas de Joanne respecto a lo que su marido debía ser, no coincidían con las suyas propias. Era fiel a ella, aunque admiraba a otras mujeres. Ella tuvo un aborto al principio de su matrimonio. La potencial paternidad le hizo darse cuenta de que resultaría más difícil dejar a su mujer si el siguiente embarazo tenía éxito. Ya había dejado de estar enamorado de ella. Todo el mundo la quería, pero él no. El día de San Valentín, no pudo fingir una cena romántica y le dijo que su matrimonio se había terminado.

Después llegó Shannon, una ejecutiva publicitaria de largos cabellos rojizos. Era una mujer ardiente que fumaba cigarros en las fiestas para escandalizar al resto de mujeres y calzaba tacones de aguja para resaltar sus largas piernas. Cautivó a Miguel de inmediato por la increíble forma en la que lo recibía en la boca. Él buscaría eternamente aquella habilidad en otras mujeres. Duraron un año, hasta que ella se fugó con un jugador de polo brasileño.

Mónica siguió a Shannon. Ella y Miguel vivieron juntos muchos años. Estuvieron a punto de casarse, hasta que ella le habló de la gran casa en el campo que imaginaba llena con los hijos que tuvieran juntos. Miguel no estaba preparado para un compromiso como aquel. Terminaron con un abrazo, un apretón de manos, los sollozos de Mónica, una amistad y un cheque de 15.000 dólares que Miguel le dio para ayudarla a comenzar una nueva vida. La recordaba sobretodo por sus largas noches de bondage y juguetes sexuales.

Laura siguió a Mónica. Era una mujer cerebral. Se conocieron en una conferencia en Chicago, a la que Miguel acudió para introducir la empresa familiar en el mundo cibernético. Disfrutaron de cenas fastuosas en las que hablaron de ópera, los clásicos de la literatura y arte moderno. En la cama, viajaron a un planeta especial en el que los cuerpos, las mentes y las almas se fusionaban. Miguel admiraba su cuerpo tonificado, moldeado centímetro a centímetro en el gimnasio. Pero ella vivía en San Francisco y él no. Vivieron un magnífico romance a distancia hasta que las realidades de los vuelos perdidos, los fines de semana solitarios y la pura distancia, acabaron con un amor que Miguel deseaba que durara eternamente. Ella le dejó por un abogado de su ciudad. Lo que más añoraba Miguel era su intelecto y lo buscó en otras mujeres.

Después de Laura, vivió solo durante años, mantuvo citas esporádicas y se preguntó si sus mejores años habían terminado. ¿Dónde estaba esa mujer especial que calmara su corazón maltrecho? ¿Había permanecido demasiado tiempo en juego? Se hacía mayor y lo percibía a diario. Su piel se caía donde antes estaba tersa. Su constante deseo sexual había menguado. Se había convertido en el viejo ciervo que bajaba por la colina para aparearse, en contra del joven semental de vibrantes músculos que se lanzaba al galope al más ligero olorcillo a hembra. Quizá aquella velocidad más lenta era en realidad una bendición.

El negocio familiar consumía casi todo su tiempo. Vivía como un hombre acaudalado y se dedicó a seguir a pintores de nuevo arte moderno. Ocasionalmente se acostaba con Julia, una joven artista. Le gustaba hacerle cosquillas entre las piernas con un pincel de cedras finas. Compró muchos de sus enormes cuadros abstractos pero los regaló.

Miguel conoció a Susan en una galería de arte. Junto a un grupo de amigos, Susan había decidido expandir su mundo ese día probando cosas nuevas. Almorzaron a base de *escargot* y *foie gras* en un bistró francés, pidieron el Pinot Noir más caro y culminaron la tarde en la galería. Ver las obras de cerca era nuevo para Susan. Se había casado joven y asumió una vida de ama de casa y madre, en la que tenían cabida los eventos culturales. Después de su divorcio, juró expandir su pequeño mundo.

Por pura casualidad, ella y Miguel se encontraron contemplando el mismo cuadro de Jackson Pollock. La conversación fue fluida. Normalmente, ella evitaba a los hombres desconocidos, pero su sonrisa la cautivó. Había pasado diez años de vida célibe, dedicada solo a sus hijos. Susan era dulce. Eso fue lo que animó a Miguel a preguntarle si podía llamarla. Estaba preparado para una mujer dulce. Estaba preparado para una mujer que viviera en la misma ciudad. Una mujer con hijos eliminaba la presión de tener un hijo con ella.

Al principio tuvieron citas esporádicas y esperaron varios meses antes de hacer el amor. Ella era supervisora de una compañía telefónica con una cuenta bancaria modesta, que no tenía pasaporte y conducía un coche de segunda mano. Miguel la introdujo en el mundo de los camisones de encaje, los ligueros rosas y los juguetes sexuales. Ella aceptó la nueva lencería pero se sentía incómoda aprendiendo nuevas posturas sexuales y tocando los juguetes eróticos. Miguel acabó rindiéndose en su intento por elevar y educar su deseo y se conformó con la posición del misionero. Tras incontables años de angustia generada por las rupturas, los dramas, un matrimonio roto y varias historias de amor fracasadas, Susan le ofrecía a Miguel una estabilidad que se adaptaba a su edad y a sus deseos, aunque ella nunca fue capaz de identificar sus necesidades Después de unos años saliendo de forma estable, Miguel compró una nueva casa. Los hombros de Susan cayeron cuando Miguel le pidió que se mudara con él. Miguel escuchó su jadeante "sí" antes de que lo pronunciara. Sus muebles apenas estaban colocados en su sitio cuando Miguel hizo las maletas para su viaje a España en solitario, con la bendición de Susan.

Tras su beso de despedida en el aeropuerto de Virginia aquella tarde de otoño, Miguel recorrió sus labios con la lengua. Prometió llamarla. Cuando aterrizó en Nueva York para conectar con su vuelo a España, le invadió una inmensa sensación de libertad. Caminaba exultante por la terminal. Dos semanas por delante para ser él mismo y dormir solo. Dos semanas para hablar su idioma y ser un europeo de nuevo.

—No llevaba ni dos minutos en mi asiento cuando la azafata me dio unos golpecitos en el hombro —dijo Miguel, sentado con Leah en Salamanca—. "¿Le importaría cambiarle el asiento a otro pasajero?", me dijo. De modo que me fui hacia atrás varias filas, me abroché el cinturón y conocía a Leah Lynch, una mujer que está poniendo patas arriba mi corazón y todo mi mundo.

Leah no interrumpió su relato ni una sola vez. Cuando hubo terminado, le miró, inquisitiva.

—Vaya. Un montón de mujeres y algunos cumplidos fugaces. ¿Quieres que sea franca?

—Sí.

—Parece que reaccionas bien recibiendo amor pero rechazas entregarlo en su forma más pura durante periodos largos de tiempo. Esto les sucede a algunos hombres que al principio de su vida se convierten en el objeto del amor de su madre. Madres que agobian con su cariño a sus hijos y de forma inconsciente arruinan sus relaciones con otras mujeres. De forma que recorren su adolescencia y llegan a la vida adulta siempre tomando y esperando amor de las mujeres. Sin embargo, el amor de ninguna mujer podrá compararse nunca con el amor que sintieron por su madre. Eso es lo único que conocen, es su naturaleza. Pero una relación normal entre un hombre y una mujer implica que ambos den amor.

—¿Tan mal estoy? ¿Estás diciendo que soy un adolescente? Te aseguro que a veces me siento como uno.

—Yo no soy psicóloga pero algo falla aquí. Es una teoría basada en Freud, tiene sentido. Algunos hombres tardan años en parar de abandonar mujeres y reconocer su desarrollo atrofiado en el campo del amor. Para ellos es un camino largo y arduo pasar de muchas mujeres a solo una, pero deben hacerlo solos. Los que descubren este hecho pronto en sus vidas, pueden considerarse afortunados. Y gracias por compartir esa parte de tu historia conmigo. Ahora te conozco mejor.

—De nada. Conozco los capítulos de memoria. ¿De modo que crees que se trata de un proceso? Déjame que piense en ello —dijo Miguel.

—Yo también estoy trabajando en el proceso —dijo ella y buscó su mano—. Volvamos al coche. Tenemos mucho camino por delante antes de que caiga la noche.

Se abrocharon el cinturón para su viaje a través de la región vinícola de la Ribera del Duero, donde pasarían la noche en El Burgo de Osma. Deslizaron un mapa de carreteras y unos CD en el compartimento de la puerta del conductor y colocaron la bolsa de Leah, con ropa para dos días, en el asiento trasero. Al día siguiente conducirían hasta Sigüenza y almorzarían en su majestuoso parador. No entraron en detalles sobre lo que harían después. Antes de salir marcha atrás del aparcamiento, Miguel pasó el brazo por detrás de la cabeza de Leah posándolo sobre la parte trasera de su asiento. La besó con suavidad y la miró a los ojos.

—Tienes unos ojos preciosos, Leah.

—Les gusta lo que ven ahora mismo —susurró ella a través de los besos.

Miguel giró el cuerpo para encarar el volante, cambió de marcha, hizo retroceder el coche, avanzó lentamente por la entrada de vehículos y se incorporó al tráfico. Miguel y Leah dejaron Salamanca, cada uno con un recuerdo diferente. La visita de Miguel tenía una cualidad virginal: un hombre y su primer encuentro con la ciudad. La de Leah estaba matizada por los recuerdos: una mujer con historia entre las piernas.

Su viaje a través de la región española de Castilla y León comenzó un glorioso día soleado. Leah abrió un mapa local sobre su regazo que incluía más de la mitad del patrimonio histórico y artístico, además de los lugares declarados patrimonio de la humanidad por la UNESCO. Con aproximadamente trescientos castillos construidos entre los siglos ocho y dieciséis, Leah sabía que habían pasado junto a varios de ellos. Estos antiguos vestigios de la batalla se habían convertido en símbolos románticos; algunos se habían transformado en hoteles. Desde luego eran el telón de fondo perfecto, porque realmente ella era la reina de Miguel, viajando a su lado mientras él le cantaba, creaba sonidos con su boca maravillosa o marcaba el ritmo de las canciones golpeando los dedos sobre el volante.

—Me gustas de verdad, Leah —dijo después de un notable silencio, poniendo el énfasis en el "de verdad".

Y a ella le gustaba él, también de verdad.

La autopista de dos carriles pasaba junto a los famosos pinos españoles con sus cortos troncos y sus respingonas ramas repletas de agujas. A Leah le recordaron a copas de vino esperando su contenido. Algunas bodegas tenían tejados de metal ondulado y un aspecto industrial y no despertaban su interés para una visita. Sin embargo, un letrero anunciaba una bodega de ochocientos años de antigüedad.

—Veamos en qué consiste esto —dijo Miguel y realizó un giro rápido a una carretera de tierra que conducía hasta la entrada del edificio. Un perro soñoliento se levantó de un salto, corrió hasta el coche y ladró apoyado en la ventanilla, moviendo la cola.

—Hola, bienvenidos. —dijo el alegre propietario de espeso bigote, bajando los escalones de piedra. Llamo al perro y dio la bienvenida a Leah y Miguel para realizar una visita improvisada a su bodega.

—¿Americanos? —preguntó, señalando el camino con un amplio movimiento del brazo. Miguel contestó en español, diciendo que había nacido en España pero emigró a Estados Unidos durante sus años de adolescencia. A Leah no se le escapó el hecho de que les saludaran como si fueran pareja.

El trío descendió por una escalera larga y estrecha y caminó por cuevas subterráneas, frías y húmedas, donde el dulce aroma de la fermentación llenaba sus fosas nasales. Sobre sus cabezas, un grueso moho se agarraba al techo abovedado, haciendo que la visita resultara un poco macabra. Largas filas de barricas de roble, muchas de ellas fabricadas en Francia y América, llenaban los estrechos pasillos del suelo al techo. Sobre ellas había garabateadas distintas fechas con tiza. Miguel traducía para Leah.

—Mis uvas producen el Chanel Nº 5 de los vinos —dijo el bodeguero al final de la visita. Entonces sirvió varias copas de un tinto intenso. Les aconsejó que lo buscaran en la carta de cualquier parador del país. Leah anotó el nombre en su cuaderno y le aseguró que lo pedirían, ya que su viaje incluía una visita a un parador.

En la segunda bodega que visitaron, armados ahora con más conocimientos sobre el proceso de elaboración del vino, el propietario les dijo que la bodega pertenecía a la familia de su mujer; las uvas provenían de sus ancestros. El resultado de la combinación, era un vino excelente. Condujo a Leah y Miguel en su descenso hacia las "catacumbas", como llamaba a la edificación de cemento que albergaba sus vinos. El Réquiem de Bach llenaba el espacio.

—La filosofía de nuestra familia aboga por la combinación de arte, cultura y vino —dijo el bodeguero en un inglés perfecto. Señaló los dibujos de castillos expuestos en un caballete junto a las barricas. También les ofreció probar su vino.

—Bebe despacio —le dijo Leah a Miguel—. Tenemos que volver a la carretera, tienes que estar sobrio.

Antes de salir, Miguel compró varias botellas en la pequeña tienda de la bodega.

—Se nos da bien viajar juntos —dijo Miguel cuando acompañó a Leah hasta el coche y le abrió la puerta—. Nos beberemos este vino por la noche, en la habitación.

El sol bordeaba el horizonte cuando el coche llegó al pequeño hotel en El Burgo de Osma. Miguel cambió su reserva por una doble y ambos se dedicaron una sonrisa tranquilizadora cuando el recepcionista les entregaba las llaves. La escalera circular de caoba que subieron hasta su habitación en el segundo piso, lucía una gastada alfombra con motivos florales. Una enorme y llamativa lámpara de araña colgaba del techo, lo suficientemente baja como para rozarles cuando pasaron por debajo. Las paredes del pasillo estaban pintadas en un deslumbrante azul turquesa. El único mueble que había fuera de su habitación era un polvoriento escritorio de estilo inglés. El cuarto de baño tenía unos horribles azulejos rojo rubí en las paredes y una bañera de un azul estridente. El hogar de Miguel y Leah para aquella noche no era elegante, no estaba demasiado limpio y estaba mal decorado; solo era un punto más decente que un burdel. El estruendo de los camiones que pasaban cargados de uvas llenó la habitación cuando Miguel abrió las persianas.

Habían planeado un paseo por la ciudad después de registrarse, pero Leah supo que eso no iba a suceder cuando Miguel la condujo hasta la cama con las almohadas raquíticas y el retorcido candelabro de tres luces en la pared sobre sus cabezas. No fueron necesarias palabras seductoras que les empujaran a desnudarse. Su abrazo erótico y la mezcla de sus fragancias guiaron la mano de Leah a acariciar e introducir la erección de Miguel en su interior. Sus ojos se encontraron con cariño en la habitación débilmente iluminada y las caderas de Leah se elevaron para transportarle al lugar más puro del interior del cuerpo de una mujer, aquel que guarda para el amante adecuado.

—Si tuviera treinta y dos años y tú fueras más joven, te elegiría para que tuviéramos un hijo —dijo Miguel, con los brazos estirados sobre los hombros de Leah y la cabeza inclinada sobre ella—. Podríamos haber tenido una familia juntos. Eso es lo que siento por ti, Leah —añadió, mientras se movían a un húmedo unísono.

Ella sabía que este tipo de sentimientos afectaban al corazón de una mujer. ¿Por qué expresaría deseos tan profundos si no los sintiera realmente? España y aquel romance habían formado interrogantes explosivos y confusos para su solitario corazón. Leah creía que él también cargaba con una soledad similar a la de un hombre frustrado, cansado por su búsqueda de la mujer adecuada. ¡Ojalá se hubieran conocido antes en sus vidas! Ojalá.

—Eres rubenesca. Deberían pintarte —dijo Miguel y acarició su cuerpo cuando el acto sexual finalizó—. ¿Sabes lo que significa eso?

—Por supuesto. Rubens pintaba mujeres redondeadas. Yo no tengo ese tamaño, pero capto la idea. Preferiría hacerme la cirugía antes que un retrato —dijo ella, dándole un codazo. No se sintió insultada. Al revés, aceptó con elegancia su cumplido en honor de la imagen clásica de las mujeres rubenescas amadas por los hombres a lo largo de los años.

En el soñoliento Burgo de Osma vivían unas 5.000 personas. Un punto minúsculo en el mapa español. Quienes paseaban por sus estrechas calles junto a Miguel y Leah eran principalmente personas de la "tercera edad", etiqueta que se otorgaba en España a los ancianos. Vestían prendas de lana, de un verde apagado, grises o marrones. Muchas mujeres tenían una voz estridente y un cabello cortado de forma que rodeaba sus cabezas como un sombrero. Sus hombres caminaban a su lado, algunos con bastón o con boina. Las parejas habían salido para dar su paseo. Esta manifestación pública por la tarde antes de cenar, era un ritual en todo el país desde hacía siglos. Comenzaba en la infancia del español; progresaba por sus años de adolescente; después continuaba con las parejas jóvenes empujando carritos de bebé y por último se asentaba en las generaciones posteriores, todas ellas devotas del concepto de la familia. Ni Miguel ni Leah habían experimentado una vida familiar duradera, ambos detuvieron el proceso con sus divorcios.

Leah no se sentía relajada y habló muy poco cuando comenzaron su paseo después de cenar. Imitaron a los ancianos entrelazando los brazos, caminado lentamente y deteniéndose a contemplar las vistas por el camino. Ambos habían visto ciudades españolas antes, pero El Burgo de Osma era la más pequeña que habían visto juntos. Miguel se detenía a menudo para admirar los elegantes edificios barrocos, fríos al tacto cuando pasaba la mano por las descoloridas y silenciosas paredes.

—Imagina los siglos de vida de los que ha sido testigo este edificio —dijo en una de las paradas.

Recurría a la historia tan a menudo, junto a los personajes sobre los que había leído en las novelas, que a Leah le dio la sensación de que era incapaz de crear su propia vida. ¿Estaba su vida real tan estancada?

Había mencionado a Susan en varias conversaciones a lo largo del viaje. Ella era la tercera persona invisible, viajando en el asiento trasero mientras Miguel le cantaba a Leah y buscaba su mano.

—Susan es una buena mujer. Todo el mundo la adora. No puedo culparla. Soy yo el que es aburrido como una ostra. La destrozaría si abandonara la relación solo por eso.

—La vida es demasiado corta como para un análisis tan desastroso, Miguel. No te des por vencido tan fácilmente.

—Sinceramente, no sé qué hacer.

Después, añadió con cierta brusquedad:

—No te cases, Leah. No lo necesitas.

El comentario llevaba implícito que Susan estaba presionando para casarse, un compromiso que Miguel no deseaba.

—Me gusta mi vida de soltera.

Obviamente, había logrado más de lo que quería en la vida. Si su objetivo fuera un segundo marido, ya lo habría conseguido. Miguel le dijo que no parecía estar al acecho, pero pensaba que picaría si apareciera alguien en su camino. Lamentablemente, si estaba con él era porque estaba preparada para un amantecompañero o un compañero-amante, estable. ¿Era Miguel el verdadero amor que anhelaba? ¿Podrían amarse profunda y honestamente alcanzando una libertad que los mantuviera juntos para siempre?

—Qué extraño resulta hablar de mi vida con Susan mientras estoy aquí contigo —dijo Miguel. Se habían detenido en un pequeño puente y siguió murmurando sobre su novia mientras el arroyo murmuraba bajo sus pies.

—Lo siento, Leah.

—Vámonos de aquí —sugirió ella. No admitió sus disculpas. En lugar de eso, se apartó de su lado conduciéndole lejos del puente. Él debía cruzar otro tipo de puente y dejar a Susan atrás si quería ser una persona completa en su futuro. El puente también se convirtió en una metáfora para ella. ¿Había ido demasiado lejos en su camino como mujer libre? ¿Qué se había hecho a sí misma huyendo y acostándose con este desconocido? Allí estaba, sobre un puente en El Burgo de Osma, a cientos de millas de Madrid, sintiéndose una idiota. Se suponía que aquel viaje debía ser divertido. Ya no lo era.

Los ancianos se habían desvanecido cuando Miguel y Leah volvieron sobre sus pasos a través de las minúsculas calles. Leah se sorprendió a sí misma cotilleando tras las cortinas de encaje de los hogares en los que las parejas veían la televisión y bebían tazas de té en sus salones. Le gustaba su permanencia.

El silencio creció ensordecedor entre Miguel y Leah cuando entraron en su estridente habitación de hotel. En su mente, Leah imaginó un viaje de autobús de vuelta a Madrid, sola, tras el desayuno. Había renunciado a su viaje a Sigüenza al día siguiente y eligió un viaje de vuelta para ella sola. Debían separarse. No le quería viviendo con otra mujer, ni siquiera aunque deseara que ella tuviera un hijo suyo.

—Buenas noches, Leah —dijo Miguel, alargando el brazo sobre sus cabezas para apagar la luz del candelabro de pared—. Ha sido un bonito día de viaje contigo. Todo lo que dije, lo dije con el corazón. Incluso la parte sobre tener un hijo.

Después se acurrucó contra el cuerpo de Leah y la acercó hacia sí, murmurando que era una mujer maravillosa.

En pocos minutos estaban dormidos y nunca dejaron los brazos el uno del otro durante la noche.

Después del desayuno, Leah no dijo nada sobre regresar a Madrid. En cambio, volvió a su lado del coche, besó a Miguel en la mejilla, abrió el mapa y trazó la ruta hasta Sigüenza. La ciudad medieval fue un día el hogar de caballeros que defendían a sus damas, de libertinaje, inviernos ululantes y siestas románticas. Era el tipo de lugar ideal para ellos.

Leah pensaba que viajaban bien juntos, considerando que eran prácticamente extraños. ¿Podría la mayoría de compañeros de asiento huir como amantes? Viajar en un coche pequeño era un poco limitado pero le permitía a Leah besar su mejilla cuando quisiera. Compartir una habitación y un baño de hotel era una experiencia íntima, pero la llevaron a cabo con comodidad. Perfeccionar el modo en que hacían el amor como lo hacían solía llevar más de dos años, pero ellos alcanzaron el nirvana en la primera noche. Leah y Miguel actuaron como si se conocieran de una vida pasada. Pero ella nunca dejó de preguntarse: ¿Qué está pasando aquí? No conocía los pensamientos de Miguel y decidió no preguntarle. ¿Para qué arriesgarse a una respuesta displicente?

Ambos eran ingeniosos y las risas llenaban el coche alquilado durante el viaje. Seguían riendo en la cena y a menudo en la cama. El ritmo de ambos había evolucionado hasta parecerse sorprendentemente. Ninguno se retrasaba por la mañana, aunque Leah prefería el silencio durante una hora después de amanecer.

—Hablas demasiado —le dijo una vez durante el desayuno. Miguel se detuvo a media frase y pensó en su comentario.

—Casi nunca pronuncio más de dos frases en casa. De hecho, apenas me comunico, pero contigo hablo mucho.

—Ya me he dado cuenta.

Las vistas hermosas pueden dejar huella en la memoria del viajero. La grabada en sus sueños sobre Miguel se materializó durante el viaje de camino a Sigüenza. Las onduladas colinas verdes, la tierra color terracota, los viñedos púrpura y las nubes esponjosas, creaban un marco idílico para la pareja perfecta, que ellos personificaban en ese momento condensado.

—Escucha esta canción, es sobre nosotros —dijo ella, sintiéndose como una colegiala al introducir la banda sonora de Don Juan de Marco en el reproductor de CD. Había elegido el disco en Nueva York, junto a otros, para hacerle compañía mientras estuviera sola en el apartamento de Madrid. Se preguntó por qué habría elegido ese preciso CD para su viaje de dos días con Miguel. La letra favorita de Leah contaba que cuando un hombre ama a una mujer, ve su hijo no nacido en sus ojos. Esas fueron las palabras que Miguel le susurró la noche anterior. Cuando la canción terminó, Leah contempló la carretera abierta.

—Mira —dijo Miguel finalmente, estirando el brazo. Tenía la piel de gallina—. Esa canción me ha provocado un escalofrío hasta los huesos.

~ ♥ ~

Su hogar aquella noche era el extraordinario Parador de Sigüenza en la ciudad del mismo nombre. Construido como castillo en el siglo cinco, en el doce había albergado a un obispo. Ahora, mientras Leah y Miguel conducían por las serpenteantes calles y bajo un arco de piedra, el edificio era un famoso parador gestionado por el gobierno, desde el que se contemplaban los tejados rojos de la ciudad a sus pies.

Después de registrarse, Miguel tomó la mano de Leah para caminar por las enormes salas abiertas al público, con techos abovedados de piedra y retratos antiguos. Miguel estudió las placas que honraban a los antiguos ocupantes medievales y le explicó su linaje. La guió a través de las enormes puertas de madera tallada que daban a un patio de piedra. En el centro, una fuente gorgoteante arrojaba agua a través de la boca de un querubín. Leah se había alojado en muchos paradores, pero nunca había estado con nadie que mostrara tanto entusiasmo como Miguel. Era casi la hora de comer y, en lugar de acercarse a la ciudad, continuaron la deliciosa experiencia en el comedor del parador, decorado con armaduras expuestas sobre bases cubiertas de terciopelo rojo.

—Toda la comida es regional —dijo Leah—. Mi favorita son las migas. Son migas de pan con un toque gourmet español. La cabra también es buena. De postre, podemos compartir el Flores de Cabanillas. Es un pastel con forma de flor. ¿Qué te parece que te diga lo que tienes que comer? —dijo, y le miró por encima de la carta. Él aceptó todas sus sugerencias.

Mientras comían y admiraban las colinas y campos de los alrededores a través de las ventanas, Miguel volvió a su relación con Susan. No estaban al mismo nivel intelectual. Las conversaciones eran un problema.

—La gente no siempre resulta ser como uno pensaba —suspiró. Amaba a Susan pero le resultaba imposible imaginar una larga vida a su lado. Acaban de irse a vivir juntos. ¿Cómo podía pedirle que se fuera, tan pronto?

—Eres una persona madura y deberías vivir la vida que encaja contigo. Lo que estás haciendo no es justo. Déjala libre.

No se irá sola, estoy segura de eso —Leah llenó su copa con el vino recomendado por el bodeguero—. Deja que te cuente la historia de una amiga que continuó un matrimonio año tras año tras año, hasta que ya no pudo aguantar más.

—Por favor, adelante —dijo él, acomodándose en la silla.

Leah era una gran contadora de historias por naturaleza y, aquel día, Miguel era un compañero de almuerzo cautivador, de forma que ella comenzó a compartir la sorprendente historia de su amiga Nellie. El relato estaba plagado de corazones rotos y oportunidades perdidas y contaba con una sorprendente conclusión final. Leah esperaba que Miguel captara el significado de la historia: que la vida no debe ser vivida con heridas autoinflingidas. Eligiendo sus palabras lentamente y con cuidado, Leah reveló la valiente decisión que tomó Nellie para cambiar su vida.

—Comenzaré con el impactante final y volveré hasta el principio —dijo Leah para captar su atención inmediata.

Con cincuenta y dos años de edad y después de veinticinco años de matrimonio, Nellie hizo la maleta y se fue de casa para nunca volver junto a su confiado marido y sus tres hijos adolescentes, que seguían con sus vidas en el salón, escaleras arriba. Los dejó por Brian, un antiguo amante con el que había mantenido una aventura de un año de duración al principio de su matrimonio. Cuando su marido descubrió la relación, estalló una horrible pelea en la que volaron los puños entre los dos hombres. Horrorizada y atemorizada, Nellie continuó adelante con su matrimonio vacío pero nunca dejó de lamentar la perdida del amor verdadero de Brian. Él también pensaba en ella a diario y también permaneció en su matrimonio carente de amor.

Veintitrés años después, Brian llamó a Nellie después de que falleciera su mujer. ¿Podía verla, solo para saludarla? Ella accedió con la esperanza de que la nueva realidad destruyera sus ensoñaciones. Sin embargo, su amor regresó, arrollador. Ella no podía dejar a Brian de nuevo, pero tampoco podía afrontar un divorcio con su marido. Eligió huir de su hogar renunciando a la cocina de diseño, las fiestas, el armario lleno y el matrimonio vacío, a cambio de su verdadero destino. Nellie acabó divorciándose. Ella y Brian se casaron, al igual que su ex-marido.

—¿Qué piensas de la historia de Nellie, Miguel? ¿No estás de acuerdo en que nadie debería mantener una relación íntima mientras desea estar con otra persona?

—Gran historia, Leah. ¿Te imaginas al marido plantado buscando a su mujer por toda la casa? Jesús, qué panorama.

Leah dejó el tema.

~ ♡ ~

Cada vez que se registraban en un nuevo hotel, Leah daba por sentado que esperarían hasta la noche para continuar sus bonitos encuentros amorosos. Pero eso tampoco sucedió en Sigüenza. Hicieron el amor mientras un rayo de luz del crepúsculo cruzaba las ventanas del dormitorio.

—Bueno, ya lo dije —susurró Miguel.

—¿Qué dijiste?

—Te quiero, Leah.

—Yo también te quiero.

¿Estaba loca por decirle eso? ¿Cómo podían estar enamorados? Imposible, pero sonaba bien. No escuchaba a un hombre pronunciar esas hermosas palabras en mucho tiempo. Sus hijos y sus amigos más queridos se las decían. Pero su vida familiar no había sustituido su deseo por un amor hombre-mujer.

¿Y por qué lo dijo Miguel, cuando tenía una novia en casa? Algo estaba yendo muy mal en Virginia.

—¿No intentarías domesticarme? —preguntó Miguel, acurrucándose junta a ella.

—No hay ninguna razón para hacerlo.

Leah sabía que era una chica de ciudad a la que no le interesaba un jardín perfecto ni los arándanos enlatados. Había vivido sola tantos años que valoraba su libertad hasta el punto del aislamiento. Si Miguel y ella continuaran más allá de España, le pediría que vivieran separados; él en Virginia y ella en Nueva York.

Miguel estuvo extrañamente callado mientras se vestían. Demasiado callado.

—Leah, lo siento, pero tengo que llamar a Susan desde la habitación. No tengo teléfono móvil. Llevo muchos días sin contactar con ella. Lo siento mucho, pero se estará volviendo loca preguntándose si estoy bien —Tenía un aspecto derrotado.

—Ya soy mayor. Lo entiendo. Te espero en el vestíbulo.

Leah salió de la habitación y atravesó el vestíbulo y las pesadas puertas de madera de la entrada para descender por una calle escabrosa. Entró en el primer bar que encontró. Estaba repleto de ruidoso clientes que bebían y llenaban el suelo de huesos de aceituna y cáscaras de cacahuete. Varios adolescentes se agolpaban alrededor de un juego recreativo con luces multicolores y sonidos repetitivos. En la televisión elevada atronaba un partido de fútbol. Leah estaba entumecida por el ruido.

—Una cerveza, por favor. —le dijo al camarero.

Bebiendo su cerveza, se adaptó al barullo y pensó en su sorprendente viaje con Miguel. Era un comunicador excepcional. Era un amante fantástico. Pero no eran una pareja real más allá de España. Quizá él necesitara su recuerdo cuando llegara a casa. Pero no lo hizo. Estar con él la catapultó a la clásica contradicción de tira y afloja contra la que había luchado durante años. Adoraba el sexo pero no la vida diaria con un hombre. Tampoco podía comprometerse. Su obsesión con una vida independiente había creado una mujer con un doctorado en estrategias de escape. Pero Miguel no estaba prometido ni casado con Susan. Era un semi-soltero. Después de todo, quizá abandonara a Susan. Quizá, quizá, quizá.

Una hora y otra cerveza después, recordó que había quedado con Miguel en el vestíbulo del parador. Pagó la cuenta y abandonó el bar. El familiar silencio ensordecedor que recorría la noche en muchas oscuras ciudades españolas la rodeó mientras volvía sobre sus pasos de vuelta al parador.

Estaba tranquila, distraída ocasionalmente por algún gato que pasaba como una flecha hacia un callejón oscuro.

Se sintió atrapada por Miguel. ¿Se habría quedado en la habitación o estaría caminando solo por Sigüenza? Mientras ascendía por la última colina, Leah decidió regresar a Madrid al día siguiente. Tenía que alejarse del secuestro que hacía Miguel de su corazón.

—¿Dónde estás? ¿Estás bien? Me tienes preocupado —dijo Miguel cuando el teléfono de Leah sonó en el aparcamiento del parador—. Mira hacia arriba, estoy en la ventana.

Lo vio saludando desde su dormitorio como una dama dando la bienvenida a su amante, aunque con los roles intercambiados. Cuando Leah regresó a la habitación, un regalo la esperaba. Miguel había comprado un bonito collar en Segovia. Era la elección perfecta, como si Miguel hubiera estado comprándole regalos toda la vida. Lo puso sobre su cuello y salieron a caminar por la abrupta Sigüenza, para acabar en una pizzería. Susan no estaba en casa, así que Miguel le había dejado un mensaje. Leah tragó un nudo en la garganta cuando escuchó el nombre de su novia. No mencionó su decisión de regresar a Madrid al día siguiente. ¿Por qué arruinar una estupenda noche de sexo?

El paseo para aclarar ideas y la profunda conversación no la ayudaron en su decisión de regresar a Madrid. A la mañana siguiente, ella y Miguel condujeron hacia la salida del parador en dirección a Cuenca y lo desconocido. De nuevo se sentía entusiasmada de estar a su lado. Miguel era un viajero bien informado. Eso le gustaba a Leah, porque narraba su viaje salpicándolo de datos históricos y divertidas anécdotas. Ella era más bien una viajera intuitiva, que llegaba con ojos frescos y un cuaderno por estrenar en el que registraba lo que observaba, destacando las singularidades que escapaban a Miguel. —¿Alguna vez has conducido sola por España? —preguntó Miguel durante el viaje—. La mayoría de mujeres no haría eso, pero sospecho que tú si lo has hecho.

—Sí. Hace años, cuando tenía un encargo sobre productos españoles, conduje a través del país y a sus regiones menos conocidas.

Un día estaba en una fábrica de Valencia donde las mujeres locales pintaban a mano escenas caprichosas en abanicos de tela. Al día siguiente visitaba una fábrica de guitarras en la que los trabajadores probaban los instrumentos. Aromas de una fábrica de caramelos, repletos de almendras tostadas y miel se adherían a su ropa. En las bodegas de vino, bebía de una copa compartida y visitaba las profundas cuevas que albergaban la cosecha. Un rebaño de cabras podía pasar frente a una puerta abierta anunciando su llegada con el repicar de sus cencerros. En muchas ocasiones un carro rebosante de frutas, tirado por un caballo, la obligó a aminorar la marcha con su coche. El conductor y Leah se dirigieron hacia una puesta de sol de un rojo intenso, en la que sus colores iban a juego con los viñedos a ambos lados de la carretera.

—Qué vida —dijo Miguel—. Conoces realmente este país. Y además, lo adoras. Puedo notarlo en tu voz.

—Lo llevo en el corazón. No puedo explicar cómo una mujer de Nueva Inglaterra ha dejado que capturen su corazón, su imaginación y su alma con tanta facilidad. ¿Fue en una vida anterior? —preguntó, con un destello en sus ojos—. Pero cometí un error estúpido una vez, mientras conducía sola en la oscuridad de la noche. Es una historia larga, ¿quieres oírla? —le preguntó.

—Por supuesto que sí. Tenemos tiempo antes de llegar a Cuenca. Me encanta oírte contar historias. Adelante.

El terrible incidente sucedió una noche oscura y lluviosa en el sur de España, de camino a un parador remoto. El viaje de la jornada la había llevado de una gran ciudad hasta pueblos más pequeños y aldeas minúsculas y largas extensiones de tierra deshabitada. La noche se aproximaba y Leah temía que cancelaran su reserva y no hubiera habitaciones disponibles si llegaba tarde.

Millas de árboles negros pasaban junto a su pequeño coche y solo algún rayo de luna ocasional resplandecía a través de la oscuridad como un faro distante. Subió el volumen de la radio y tamborileó sobre el volante una canción española para mantenerse concentrada y tranquila. Finalmente, una señal indicaba una población varios kilómetros más adelante. En cuestión de minutos, aparcó frente a una pequeña tienda y entró en ella. Había varios hombres en el bar junto a la caja registradora que miraron a Leah con suspicacia. Por suerte, el teléfono público funcionaba y pudo confirmar la reserva en el parador. Los hombres escuchaban mientras Leah saltaba a trompicones del español al inglés durante la llamada. Un hombre la observaba con más detenimiento que los demás.

Cuando regresó al coche, bloqueó las puertas, encendió el

motor y se alejó hacia terreno desconocido. Comenzó a lloviznar. En cuestión de minutos, una lluvia persistente caía sobre el coche, de modo que tuvo que aumentar la velocidad de los limpiaparabrisas y entrecerrar los ojos para poder ver la carretera. Una señal de tráfico mostraba el logo del parador indicando que se encontraba a treinta kilómetros, aproximadamente el mismo tiempo que llevaba en la oscura carretera a través de la densa lluvia. La fatiga y la soledad hacían estragos.

El espejo retrovisor reveló otro coche que ganaba velocidad paulatinamente hasta que desaceleró cuando al fin alcanzó el coche de Leah. Le hizo señales con las luces. Hizo sonar la bocina repetidamente y con rapidez. ¿Qué sucedía? ¿Era la policía? ¿Debía detenerse? Sí, debía haber algún problema con el coche. Se detuvo a un lado de la carretera y bajó la ventanilla. La lluvia fría y húmeda le salpicó en el brazo. El coche tras ella se detuvo con las luces largas encendidas. Sus limpiaparabrisas se movían al unísono. Un hombre salió y se acercó al coche de Leah. Ella sintió peligro. El terror invadió su pecho. Sus rodillas empezaron a chocar y acabaron temblando sin control. Era un reflejo extraño, que se contrajeran los músculos por el miedo.

El hombre dirigió el haz de su linterna al rostro de Leah. Ella entrecerró los ojos. Dijo algo en español. En cuestión de segundos, su otra mano agarró el pecho de Leah, intentando tirar de ella hacia la portezuela. Ella luchaba, aterrorizada más allá de lo nunca había estado. Violación. Sodomía. Estrangulación. Una paliza brutal. Abandonada junto a la carretera. Ante sus ojos pasaron visiones de violencia en las manos de un lunático en una solitaria carretera española. Mientras, el atacante tiró la linterna y metió la otra mano en el coche.

En la oscuridad, Leah soltó un grito primitivo, terrenal. El hombre agarró su pecho aún con más fuerza. Las manos de Leah temblaban descontroladas, pero de alguna forma logró poner la mano izquierda sobre la manilla de la ventana. Rápidamente y sin miramientos hacia el atacante, subió la ventana hasta que aplastó su mano contra el marco de la puerta. El hombre gritó en la oscuridad. Golpeó fuertemente la ventana con la otra mano. Ella continuó aplastando su mano con la ventana y después la bajó un poco, lo suficiente para que el hombre pudiera sacarla por el estrecho espacio antes de que Leah subiera la ventanilla de nuevo.

—No puedo conducir mientras me cuentas esta terrible historia. Voy a parar. ¿Qué pasó después? —preguntó Miguel, mirando atentamente a Leah.

—Gracias a Dios, mi coche era automático y se mantuvo al ralentí sin problemas durante el ataque. Mientras se dolía por su mano al otro lado de la ventana, pisé el acelerador y me alejé en la oscuridad. Mi corazón latía como un tambor tribal de guerra.

—Jesús. Y estás viva para contarlo. Eres una mujer especial, lo sabía. Tienes pelotas.

Ella continuó. El atacante la siguió en su coche durante varios kilómetros. Un giro equivocado, un volantazo en un badén y caería miles de pies, arrancando la corteza de los árboles para acabar sufriendo una muerta solitaria, lenta y dolorosa en algún barranco. Jamás en su vida había suplicado por estar a salvo como lo hizo aquella noche. Finalmente, el coche de su atacante desaceleró y desapareció de su vista a través del retrovisor. Aún temblando de miedo, continuó avanzando hasta que el asfalto se convirtió en una carretera de tierra y después en la entrada del parador.

Dentro del antiguo castillo, una magnífica armadura con lanza incluida, guardaba la entrada. Grandes faroles de hierro forjado colgaban de las vigas de madera y el mostrador de recepción estaba decorado por madera pintada. Unas macetas de terracota alineadas en el vestíbulo contenían majestuosos ramos de flores secas. Poco a poco, empezó a recuperar un débil sentido de seguridad. En el exterior de la ventana de su dormitorio, un lobo aulló furtivamente y la despertó sobresaltada varias veces.

—Me abracé a mí misma durante mucho tiempo aquella noche. Sabía que había aprendido una valiosa lección respecto a viajar sola y parar en medio de una carretera oscura. Odiaba a los hombres, además —le dijo a Miguel.

Cuenca estaba repleta de turistas de fin de semana cuando llegaron. Miguel cambió de nuevo una habitación individual de hotel por una doble en su nuevo escondrijo. La pequeña ciudad les esperaba. Salieron del hotel cogidos de la mano y subieron calles empinadas y atisbaron sobre los muros hacia los profundos valles. Su espíritu alegre animaba sus pasos. Aquí y allá se besaban a hurtadillas en un portal, ajenos a la gente alrededor. En la pequeña plaza frente a la Basílica de Nuestra Señora de Gracia, con los coches haciendo sonar la bocina a su lado, se detuvieron en la terraza de un café para picar jamón serrano y queso manchego y beber cerveza.

—Entonces, ¿cuáles son tus planes cuando regreses a Nueva York? —preguntó Miguel.

Leah no supo si mencionar los acelerados planes de boda de Dana y su deseo de no acudir sola al evento. La tentación de revelar más sobre su vida personal la perseguía en España, a menudo en momentos tranquilos mientras conducían. Aún no había abordado completamente el tema porque su viaje era alegre y relajado.

—He obviado algunos datos importantes sobre mi pasado en

Rhode Island. No parecían importantes cuando nos conocimos, pero ahora quiero contártelos. Quizá te ayuden a comprender lo que me espera cuando me vaya de España. A esa persona de Rhode Island la llamo mi antiguo "yo". Es una mujer que ya no reconozco. Pero tengo que enfrentarme a ella de nuevo.

—Soy todo oídos. También soy tu amigo, así que no te contengas. Quiero saberlo todo. Tú eres la única persona que puede contar tu propia historia —dijo él, acercando su silla para tomar su mano.

—Mi ex-marido, Jim McCord, fue mi primer amor y el padre de mis dos hijos. Pero cuando pasaron los años, me di cuenta de que nos habíamos casado demasiado jóvenes. A pesar de adorar la maternidad, el desencanto respecto a mi matrimonio creció y con él la falta de comunicación. Cuando crecieron los problemas económicos y nos estancamos como pareja, decidí apuntarme a clases de escritura creativa. Me cautivaron, tanto como para lanzar una carrera. Pero Jim y yo nos peleábamos continuamente debido a mi evolución. Él quería a su mujer en casa. Yo quería estar fuera. Inconscientemente, su opresión me hizo libre y me puso en el camino hacia donde me encuentro ahora.

—Obviamente —dijo Miguel—. Aún estás en ese camino.

—No fue sencillo —dijo ella—. Pero nuestros hijos eran prácticamente adultos cuando nos divorciamos. Así que le dije a Jim que me iba de casa. De hecho, dejé todos los muebles, las cortinas, las cosas de la cocina y las camas... todo. Me trasladé a Nueva York. Era lo justo, marcharme sin nada, excepto yo misma. Él era el mejor padre y necesitaba una casa completa para que su divorcio funcionara. En ese punto, no nos quedaba ni un gramo de fuerza para pelear. Ambos necesitábamos seguir adelante, incluso aunque uno de nosotros era su amada esposa.

No era una estúpida, le dijo Leah a Miguel. Provocar

un divorcio que podría devastar su relación con sus hijos, arruinarla económicamente, hacerla desaparecer de la sociedad y posiblemente concluir en una vida entera de arrepentimiento, fue una elección muy difícil que tomar con apenas cuarenta años. Pero para mejorar la calidad de la vida de sus hijos, tenía que mejorar la calidad de la suya propia. Se arriesgaría con lo desconocido, sola. Recordó cómo el paisaje de Rhode Island, con sus playas infinitas, las pequeñas ciudades y los complejos industriales desaparecían en la distancia mientras el avión se elevaba entre las nubes. El miedo a lo desconocido la invadió en el momento en que la enriquecedora y terrorífica aventura estaba a punto de comenzar. Mientras Leah narraba el camino que desde Rhode Island la había conducido a estar sentada en Cuenca con Miguel, éste asentía con la cabeza en señal de aprobación.

—Sabía que me ibas a gustar cuando te conocí. Ahora te quiero aún más, después de esta historia increíble. Enhorabuena por una vida valiente, bien vivida hasta la fecha —dijo.

—Debo añadir que con el paso de los años mi astillada familia creció en la forma de unos fuertes individuos —dijo Leah—. No todo dependía de mí. Hubiera regresado a Rhode Island enseguida si las cosas les hubieran ido mal. Los chicos recibieron una educación excelente y prosperaron. Jim se casó con Sun-Hee Wong tras conocerla en un ensayo del coro. Era una recién llegada en Rhode Island y veinticinco años más joven que él. Nueve meses después nació su hijo Max.

—¿Se casó con una mujer más joven y tuvieron un hijo? ¿Por qué? —preguntó Miguel, incrédulo.

—No lo sé. No era mi elección y no es mi hijo, pero Jim siempre quiso una mujer en casa con un hijo a cuestas. Ahora tiene otro.

—Tomaste la decisión correcta marchándote por tu

cuenta. Divorciarse es un proceso infernal. Mucha gente espera demasiado o acaba por no vivir nunca la vida que debería —dijo Miguel—. Admiro tu valentía.

Leah continuó contándole que Dana siguió el ejemplo de su madre y se trasladó a Nueva York para comenzar una carrera de enfermería. Estaba prometida a Steve Dunlop, un pediatra, y querían celebrar una boda tradicional en Rhode Island.

—Mi hija y Steve pagarán parte de la boda, pero espero que Jim y yo podamos contribuir. No estoy segura de cómo debo manejar los temas económicos con mi ex-marido —dijo Leah—. Pero ese no es mi problema principal. Lo que más me preocupa es asistir sola.

Sería un foco de atención tan importante como su hermosa hija. La gente de su ciudad sentía curiosidad por Leah. Vivir sola se traducía en fracaso a los ojos de la mayoría de la gente. La boda de Dana había generado un nivel de ansiedad que no había experimentado previamente respecto al hecho de ser soltera. El dilema la incomodaba.

—¿No tienes alguna amiga que te acompañe? —preguntó Miguel.

—No quiero eso. Quiero a alguien especial.

—Bueno, no te preocupes demasiado. Solo es un día.

—¿Qué quieres decir? Es un día importante para mí —Leah se inclinó hacia delante en su silla y posó su mano en la rodilla de Miguel. Le miró directamente a los ojos y esperó que supiera lo que venía a continuación—. ¿Por qué no vienes conmigo a la boda de mi hija? Ahora eres alguien especial.

Él se puso rígido en su asiento. Sus ojos abandonaron los de Leah y se detuvieron en una mesa cercana. Se mordió el labio inferior y suspiró profundamente.

—Los dos conocemos la situación que me espera cuando

regrese a Virginia. Lo que me pides no es realista.

—Sí, es verdad. Lo nuestro solo es temporal. Supongo que lo olvidé.

Le sorprendió descubrir lo devastada que se sintió cuando Miguel rehusó. Pero, por supuesto, tenía que hacerlo. Vivía con Susan, la tercera persona imaginaria que les seguía aquella tarde. Pero Leah amaba a Miguel. Lo sabía desde su primera noche en Segovia, pero había contenido esa verdad. Lo supo cuando fue la primera en despertar y siguió el perfil del rostro cincelado que tenía junto a ella. Escuchó cada palabra que él pronunció cada día recorriendo un calidoscopio de temas diferentes. Allí estaba, sentada en una terraza con el hombre de sus sueños; y él vivía con otra mujer. Al no tener nada más que decir o preguntar en aquel momento vacío y embarazoso, cambió de tema.

—¿Qué planes tienes cuando regreses a Virginia? —preguntó con indiferencia.

—Tengo clientes a los que visitar. Facturas que pagar. Susan y yo vamos a organizar una gran fiesta para celebrar nuestro nuevo hogar.

—¿Una fiesta? ¿Estás aquí, sentado conmigo en Cuenca después de que hayamos compartido cama varias veces por el camino y Susan está en casa planeando celebrar que os habéis ido a vivir juntos? Cancélalo —Leah agitó la cabeza, incrédula. Engañándose a sí misma de un modo un tanto estúpido, pensó en Susan como "la otra".

—No puedo. Ya hemos comprado el vino.

—¿Cómo puedes estar comprometido con ella y hacer lo que haces conmigo? ¿Cómo, Miguel? Explícamelo —dijo Leah, indignada.

Era un hombre comprometido que le había pedido a Susan que se fuera a vivir con él. ¿Cómo podía dormir a su lado y profesar su amor por Leah? Se sentía desconcertada y furiosa, más consigo misma que con él.

—No me siento culpable estando aquí contigo. Ahora sé quién soy. Esto no es una aventura, es una historia de amor. Deberías escribir sobre ella —dijo él, tímidamente.

—Dios mío —perjuró Leah, tan alto que un transeúnte se giró hacia ella—. ¿Escribir sobre ello? ¿Y cuál sería el principio y el final? ¿Sería ficción o no?

Miguel no contestó a su arrebato. Ella evitó sus ojos y miró a la gente pasar hasta que se reclinó de nuevo en su silla metálica. Cuando Leah fue a coger su bolso, lista para abandonar la mesa, Miguel se levantó también, pero su silla tropezó con el bordillo de la acera de adoquín y cayó al suelo.

—Esto no es para mí, Miguel. No quiero más aventuras. Eso ha quedado en mi pasado —dijo ella.

—No sé qué hacer. ¿Qué puedo hacer? Necesito tiempo para pensar —dijo Miguel, levantando la silla.

—El viaje en avión, Segovia, El Burgo de Osma, Sigüenza y ahora Cuenca; es demasiado para aceptarlo como un escarceo inocente. Esta relación está avanzando —dijo Leah—. Se supone que las historias de amor deben tener un final feliz. ¿Lo tendrá la nuestra?

Él asintió comprensivo y buscó su mano, haciendo un gesto con la cabeza para caminar por una estrecha callejuela junto a la iglesia. A pesar de ir cogidos de la mano, caminaban en silencio. Entonces resultaba extraño. La realidad de Leah se había vuelto desagradable, pero continuaron su visita por Cuenca. Al anochecer la tensión no había desaparecido entre ellos. Finalizaron su día turístico en una casa construida sobre un acantilado, transformada en el Museo de Artes Abstractas.

La tranquila y pulcra habitación de hotel de aquella noche

no podía compararse al impresionante parador en el que Miguel había profesado su amor por Leah.

—Ésta es la sexta vez que hacemos el amor. Te llevo en el corazón, Leah —dijo él dulcemente, una vez en la cama—. Me estoy enamorando locamente de ti. No sé qué hacer. Esto no tenía que ocurrir así. Tengo miedo de dejarte; tengo miedo de saber que también estarás en Estados Unidos y tengo miedo de que me dejes —susurró en su oído.

Leah se limitó a asentir con la cabeza, mostrando que le comprendía. Sabía lo que sentía su corazón. Coincidía con el suyo con exactitud.

Aquel día, durante el desayuno, habían hablado sobre sus dos noches restantes en España. Una la pasaría con ella en Cuenca. Leah volvería definitivamente a Madrid a la mañana siguiente. En su última noche, Miguel necesitaba estar solo para preparar su regreso a Virginia. Su último adiós sería por teléfono. Probablemente él se encontraría en el aeropuerto. Ella estaría en su apartamento de Madrid.

Después de su ducha juntos por la mañana, Leah cogió la pequeña pastilla de jabón, como había hecho en todos los hoteles. En sus duchas en casa, se frotaría todo el cuerpo con ella, simulando el tacto de Miguel. Sus ojos recorrieron la habitación por última vez, para asegurarse de que no se dejaba nada, excepto su corazón roto sobre las sábanas arrugadas.

¡Qué ganar tuvo de deshacerse en lágrimas cuando pensó en dejarle después del desayuno! Pero se limitó a observarlo, sentado en la cama, hojeando la guía con sus magníficos dedos, trazando la ruta de Cuenca a El Toboso.

—Aquí es dónde vamos hoy —dijo, y señaló el Museo Cervantino en el centro del pueblo—. ¿No te parece increíble estar en La Mancha? La tierra de Don Quijote. Hoy seré él. Tú puedes ser Dulcinea. ¿Preparada? —dijo Miguel con entusiasmo.

—¿El Toboso contigo? ¿De qué hablas? Tomo un tren de vuelta a Madrid, ¿no te acuerdas? A partir de ahora viajas solo —dijo ella, irritada.

—No te vayas aún, te echaría de menos. Ahora somos compañeros de viaje —dijo él con ojos suplicantes.

—Un día más juntos y se acabó, Miguel. Cuando lleguemos a Alcalá de Henares esta noche, me voy a Madrid. Y dormirás solo.

~ ♥ ~

Miguel y Leah llegaron al minúsculo El Toboso a la hora de comer. Miguel eligió un restaurante ubicado en un callejón en el que, sobre sus cabezas, los canarios piaban en jaulas. Les condujeron hasta una mesa trasera donde les rodeaba un silencio inusual para el estándar español. Cuando el camarero se alejó, Leah evitó mirar a los ojos a Miguel. Los fijó en el vaso de vino que tenía en la mano, mientras apuraba su contenido.

—Ya no estás conmigo, Leah. Puedo sentirlo. ¿Qué estás pensando? —preguntó Miguel.

—Algo va mal con tu equilibrio y con el modo en que reacciona ante las mujeres. Perdóname, por favor, pero, ¿has considerado ver a un psicólogo?

—Ya me ha visto uno. Me ayudó a identificar que me enamoro profundamente con facilidad y me desenamoro normalmente en unos tres meses. Estábamos trabajando para encontrar una solución, pero dejé de ir.

—Esto es un problema de tu carácter, Miguel. Estás hiriendo a la mujeres. Profundamente.

—Estoy luchando contra el desenamoramiento. Me digo a mí mismo que le pasa a todo el mundo pero, ¿por qué a mí y por qué tan rápido? De forma que permanezco en la relación, fingiendo la mayor parte del tiempo y deseando estar a solas. Pero también necesito una mujer en mi vida. No soy un monje. La mayoría de mujeres quiere una relación seria y yo accedo. No puedo decir que las culpe.

—Bueno, por lo menos eres consciente. Perder el deseo o el amor no le pasa a todo el mundo ni a todos los hombres. Eso es una excusa barata. Es un síntoma de inmadurez. Estás a punto de llegar a los sesenta. Puede que sea el momento de crecer y regresar a terapia. Esta vez prueba con una psicóloga y pídele que te explique cómo es el corazón femenino.

—Te escucho. Pero yo soy yo y mis circunstancias —dijo él, citando al filósofo español, José Ortega y Gasset—. Yo también sufro con mi conducta deshonesta. Pero repito una y otra vez mi comportamiento errático con las mujeres. Estoy buscando respuestas. Intento cambiar.

—Cuando dejo a un lado esa conducta destructiva tuya y llego hasta tu corazón consigo aceptarte, por ahora. Para mí no hay nadie como tú. Gracias por aceptar amablemente mi sugerencia para buscar ayuda —dijo Leah.

Para evitar el sopor del almuerzo de tres platos, decidieron visitar el castillo de Belmonte, a treinta kilómetros de distancia. La estructura gótica del siglo quince estaba construida en la forma de una estrella de seis puntas, con una torre cilíndrica en cada extremo. Leah y Miguel ascendieron una húmeda y sinuosa escalera que se abría en lo más alto del castillo. Una suave brisa recorría sus cuerpos, que raramente se separaban más de unos centímetros, y sus manos permanecían aún más unidas. Abajo se extendían grandes valles de tierra seca, una pequeña aldea y la omnipresente torre de iglesia en la distancia.

Con el crepúsculo acercándose, regresaron a El Toboso

para visitar el Museo Cervantino, donde Miguel se extendió contemplando los objetos expuestos. De vuelta en el coche, los románticos molinos de viento regionales disminuían en el espejo retrovisor mientras se dirigían a Alcalá de Henares, lugar de nacimiento de Cervantes, a un par de horas de distancia en dirección a Madrid.

Leah pudo sentir que el regreso de Miguel a Virginia al día siguiente pesaba en su conciencia. A ella la paralizaba. La tensión era palpable en el coche.

—No quiero volver a casa —dijo Miguel, finalmente.

—Cambia tu vida, Miguel —dijo ella al instante—. Ven a vivir a España si quieres recuperar tus raíces. Encuentra un trabajo que puedas realizar en los dos países. Eres soltero. No tienes una vida familiar que desbaratar. Es posible cambiar la vida propia. Yo lo hice y nunca miré atrás.

—Me pongo triste —dijo él y se limpió una lágrima—. Te llevo muy dentro, Leah. No lloraba así desde hacía tiempo. No sé qué hacer. Conocerte ha desenterrado una ráfaga de raíces emotivas. No puedo digerirlo, tan solo sé que te amo profundamente. No puede ser posible en tan poco tiempo.

—Sigue tu corazón. No seas tan duro contigo mismo. Deja de pensar en nosotros; concéntrate en pensar dónde quieres estar —Leah luchó para no llorar con él.

—Ahora mismo siento agita —dijo Leah, a la luz de la luna. Habían llegado a su destino, pero conducían sin rumbo, buscando el hotel. Leah odiaba estar donde estaba. Se odiaba a sí misma. Le odiaba a él. Un tren a Madrid parecía improbable. Si no podían encontrar el hotel, ¿cómo podría encontrar la estación de tren?

—Es muy tarde para que regreses a Madrid. Quédate conmigo esta noche —dijo él.

—No era el plan pero, ¿qué otra cosa puedo hacer? Busca un taxista y pídele que te indique cómo llegar al hotel. Estamos haciendo círculos.

La irritó que Miguel mantuviera una larga conversación en español con el recepcionista del hotel. Una vez en la habitación, se entretuvo enviando mensajes de texto a algunos amigos. Miguel colgó la chaqueta de Leah pero ella, después de ducharse, la volvió a meter en la maleta. Ella tenía hambre y él no, de modo que Leah se fue a una cafetería cercana, agradecida por poder cenar a solas. Miguel la llamó y le pidió que le indicara cómo llegar al restaurante. Cuando se unió a ella, era un hombre enfadado, inmerso en sus pensamientos. Cualquier tema que trataran, provocaba que alguno de los dos se enfurruñara.

Después de la cena, se sentaron en el pequeño vestíbulo del hotel. Eran los únicos clientes. Miguel bebió un whisky, se enfadó más y desacreditó cada tema que Leah expuso. Algo le había transformado en un hombre diferente a aquel con el que Leah había estado viajando. En lugar de enzarzarse en una discusión desagradable, Leah prefirió apaciguarlo hasta que estuvieron de nuevo en la habitación y se tumbaron juntos por última vez.

—¿Cómo puedo dejar a mis hermanos y el negocio familiar? —preguntó y se incorporó sobre las almohadas. Había furia en sus ojos—. ¿Cómo puedo dejarlo todo atrás y volverme a España? ¿Qué pasa con Susan ¿Y nuestros muebles?

Aparecieron escenas de su abandono de España cuando era niño. El volumen de su voz creció. La rabia entumeció su cuerpo.

—Solo te sugería que hicieras cambios en tu vida, nada más. Haz lo que quieras —dijo Leah. No había visto ese comportamiento antes. Durante una fracción de segundo, se asustó lo suficiente como para desear tener su propia habitación. En su mente imaginó una escena en la que saltaba de la cama, se vestía con rapidez, cogía su bolso y corría por el pasillo deseando que el ascensor llegara enseguida para llevarla al mostrador de recepción.

—Me estás asustando —dijo, encogiéndose desnuda a su lado—. Intenta ver el lado bueno. Eres un ejecutivo de éxito. La gente te quiere. Tienes autoestima. Deshazte de esta rabia, Miguel —suplicó Leah, incorporándose sobre un codo para volverse hacia él.

Miguel la ignoró y se quedó mirando fijamente a la pared. Respiraba con tanta intensidad que sus hombros subían y bajaban sobre las almohadas.

—Deberías haber vuelto a Madrid esta mañana —dijo, sin mirarla—. No quería que vieras esta faceta mía, es un momento oscuro. Me siento atrapado en esta habitación sabiendo que mañana me levantaré y dejaré España, lo que significa que te dejaré a ti. Dejarte significa que me enfrento a mi día a día con Susan. Si me pide detalles de mi viaje, ¿qué le digo? Cuando veamos las fotos —algunas hechas por ti— ¿cómo reaccionaré? Soy un hombre monógamo. Nunca he llevado una vida de engaño como esta y no lo haré nunca más.

—No tengo ni idea de cómo podrás manejar esto. Me alegro de no estar en tu lugar.

—Buenas noches, Leah. No puedo discutir esto contigo —dijo, y bajó las almohadas por detrás de la cabeza.

—Buenas noches, Miguel. Y sé amable conmigo porque el niño que llevo en mis entrañas es tuyo —bromeó al devolver su beso con muchos besos pequeños.

Después, Miguel se colocó sobre ella, la besó con intensidad, la penetró y llegó al orgasmo en cinco minutos. Leah estaba emocionalmente ausente. ¿Quién era este nuevo hombre?

Mientras Miguel dormía, Leah analizó su última noche

mientras el tráfico chirriaba bajo la habitación. Quizá su inminente regreso a casa y su lucha interna diaria provocaban este comportamiento tan extraño. España, su historia, los edificios antiguos, su lengua materna, su libertad y Leah se escapaban de sus manos. Estas pérdidas importantes definían quién era: el Miguel real, no el hombre de Virginia.

Con la llegada del crepúsculo pagaron en su último hotel, encontraron un pequeño restaurante y compartieron un chocolate caliente con churros junto a varios clientes soñolientos que comenzaban o terminaban la jornada.

—Siento mucho mi conducta de anoche. No tengo excusa. Me ocurre en ocasiones. Así me comportaba con mi ex-mujer. Por eso nos divorciamos. Cuando me siento atrapado y no encuentro salida, mi conducta es dolorosa para los demás —dijo Miguel, bajando la vista.

—Perdonado. Iba a decir que no lo aceptaré en el futuro, pero no hay futuro para nosotros.

Tras su último sorbo de chocolate, Miguel se limpió la boca con una servilleta minúscula, la arrugó y la arrojó al suelo, lo que era habitual en España. Miró a Leah y sacó una cámara digital del bolsillo de su abrigo. Se echó hacia atrás y enfocó su media sonrisa y sus ojos interrogantes.

Era el quinto día de su armario para dos días. Leah deseó que no se vieran las arrugas. Miguel disparó. Contento con la imagen que vio en la pantalla LCD, sonrió y volvió a meter la cámara en el bolsillo.

Su último viaje en coche juntos fue triste. Ya no les esperaba ninguna pequeña ciudad. Ninguna luz de luna al otro lado de la ventana mientras hacían el amor. Estaban de camino al aeropuerto de Madrid, Barajas, a una hora de distancia.

—¿Qué te parece si quedamos alguna otra vez en España?

Viajamos bien juntos —dijo él.

—¿Qué te parece si primero vienes a verme a Nueva York?

—¿Qué te parece si te doy mi número de teléfono personal de la oficina?

—No te voy a llamar así que no te molestes. He roto un pacto conmigo misma. Cuando vuelva a hacer el amor con un hombre, será para iniciar una relación seria. Al estar contigo me he defraudado a mí misma. No quiero una doble vida.

—Lo que hemos compartido no es una doble vida. Hemos sido una pareja muy especial aquí en España. No seas tan dura contigo misma.

—No quiero traicionar a ninguna mujer. Y eso es lo que le he hecho a Susan.

—Yo también —dijo él, rápidamente.

—Oh, bueno, unas pocas semanas rompiendo una promesa recién hecha tampoco es para tanto. El error ha merecido la pena —dijo Leah, poniendo una mano sobre el muslo de Miguel.

—Leah, querida, es una historia de amor. No lo olvides ni le des demasiadas vueltas analizándolo.

—¿Crees que me he ido contigo de rebote por lo que pasó con Javier?

—No. Esa relación ya estaba acabada cuando os visteis en Salamanca. Sabía que no era el hombre adecuado para ti. Era perfecto para la mujer que él recordaba.

—¿Tú eres perfecto para mí?

—No empieces otra vez, por favor.

—¿Por qué me siento como si me hubiera engañado a mí misma?

—No te has engañado a ti misma. Lo que ha pasado ha sido auténtico. Además, la magia de España ha ayudado. Cuando volvamos a casa, no olvidemos nunca lo que nos ha sucedido.

¿Prometido?

—Prometido.

En el mostrador de facturación de la aerolínea, Miguel estaba hablador y animado. Leah estaba ensimismada e inmóvil. Se le partía el corazón al ver sus maletas desaparecer en la cinta. Se llevaban fuera de su vista sus ilusiones sobre aquella relación. Su partida era mucho más difícil de soportar de lo que había imaginado.

—Bueno, ya está, Leah. Qué increíble viaje con mi encantadora compañera de asiento —dijo Miguel cuando el puesto de control de seguridad no le permitió seguir avanzando. Prolongó su beso de despedida con uno lanzado al vuelo cuando ella le daba ya la espalda.

Su historia de amor siguió consumiendo y entristeciendo a Leah mientras regresaba a su apartamento de Madrid. Se lamió los labios en la plataforma del metro para saborear su último beso. Su fantasía se disparó y se vio a sí misma bailando con él en la boda de Dana. Pero no podía situarlo en la categoría de hombres solteros. La realidad era la sensación familiar de su hombre regresando a los brazos de otra mujer. Se despreciaba profundamente a sí misma. Pero en lugar de obcecarse en el dolor, intentó concentrarse en la alegría vivida. Mañana cambiaría su perspectiva con los hombres. Miguel era su último error.

Cuando entró en su hogar madrileño se sentía sola, a pesar del ruido que llegaba desde las calles. Abrió las puertas del patio y se asomó al balcón, donde contempló un cielo brillante y despejado y lleno de sol. Era un día perfecto para volar. Imaginó a Miguel acomodándose en su asiento. Cuando visualizó el cinturón de seguridad abrochándose, el sonido se clavó en su corazón con la suficiente fuerza como para darse cuenta de que su historia de amor había terminado definitivamente.

~ ♡ ~

—¿Cómo es posible que no me llames nunca? ¿Sigues documentándote fuera de Madrid? —dijo Rocío con una sonrisa cuando quedó con Leah para almorzar.

Era el día después de la partida de Miguel y Leah se encontraba aún en el excitante estado de su relación tempestuosa. ¿Debería contarle más sobre él a Rocío? Su querida amiga parecía aburrirse cuando hablaban de hombres, aunque su humor aquel día era difícil de identificar.

—Te he mentido —confesó Leah, evitando los ojos de Rocío—. María, la de la oficina de turismo no me invitó a Sevilla. Me encontré de nuevo con Miguel en Salamanca. Hemos viajado por la Rivera del Duero y a través de Castilla-La Mancha. Ayer se marchó a Virginia.

Rocío frunció los labios y agitó la cabeza desconcertada.

—Estúpida, Leah. ¿Por qué has hecho eso? Ahora estás dolida, te conozco.

—Claro que estoy dolida. ¿Cómo no iba a estarlo? ¿Qué piensas, Rocío? —Leah hablaba con un entusiasmo infantil, evitando las palabras desdeñosas de Rocío—. Miguel dijo que soy una cortesana del siglo dieciocho. ¿Quiso decir que soy una prostituta del siglo veintiuno? Dijo que era rubenesca y que deberían retratarme. ¿Es eso un insulto? Se suponía que el siguiente hombre iba a ser mi último amante —suspiró—. He roto ese pacto conmigo misma, pero Miguel dijo que hacer el amor es lo que hacen los adultos. ¿Tú qué piensas?

—El sexo es un misterio —dijo Rocío, arrugando el rostro—. Lo que te haya dicho, sea bueno o malo, no te lo tomes como algo personal. Es un hombre.

Leah pensó que su conversación sobre los hombres

probablemente había hecho meditar demasiado a Rocío sobre el sexo y los sentimientos. Pero valoraba sus opiniones de forma que añadió que Miguel lloró cuando se separaron. También le habló de su última noche juntos, cuando se convirtió en un hombre perverso y furioso, alguien desconocido hasta entonces.

—Es un hombre inestable, Leah. Mantente alejada de él, porque no te dejará en paz. Ha habido muchas mujeres en su vida y nunca está satisfecho. Siempre buscando a la mujer ideal. No me he acostado con él y puedo juzgarlo con más facilidad que tú. Es un embaucador. Es maravilloso enamorándose pero un desastre manteniéndose ahí. ¿Qué te hace pensar que eres diferente del resto de mujeres con las que se ha acostado?

—Somos parecidos. Yo soy la coleccionista de amor definitiva, siempre buscando. Nuestras almas están unidas en un plano emocional profundo. Y me he enamorado de él. ¿Debería llamarle cuando regrese a Nueva York?

—No. Te arrepentirás. ¿Cómo puedes hacerte ilusiones? Vive con una mujer. Es un canalla que se acaba de ir a vivir con ella y la siguiente semana viaja contigo por España.

—No es un canalla. No lo etiquetes. No quiere vivir con ella. Simplemente, ha sucedido. Por conveniencia, por compartir gastos, por tener a alguien con quien salir los sábados, razones de ese tipo. Tiene miedo de dejarla, pero ya lo ha hecho antes muchas veces. Al viajar juntos como dos desconocidos han salido a la luz muchas cosas de ambos. Sé que no me equivoco con él. Es un buen hombre, Rocío.

—Claro que quiere quedarse con su novia, ella es su protección. Es fácil engañarla. Es fácil vivir con ella. Se quedará en casa esperando que regrese de sus aventuras en solitario. Dejarla a estas alturas de la vida es una decisión muy difícil para él, quizá demasiado difícil. Carece de la cualidad más importante para tomar esa decisión.

—¿Cuál? —preguntó Leah inclinándose sobre su plato, embelesada con la opinión de Rocío.

—Coraje. Es débil. Tú no lo eres, Leah. Tú y yo sabemos que una nueva relación, un sexo ardiente y maquinar para que todo encaje, no funciona nunca. Y él también lo sabe. Mantente alejada de él porque encontrará y explotará tu lado más débil.

—Tiene coraje, estoy segura. Ya hemos hablado de su comportamiento con las mujeres. Es consciente de ello. Por otro lado, cuesta mucho encontrar la mujer adecuada. Yo llevo años buscando al hombre adecuado. Creo que las dos estamos de acuerdo en eso. Pero yo no me voy a vivir con ellos. Miguel ha llevado su búsqueda a un nuevo nivel. Pero gracias por tus comentarios. Ya veremos qué sucede. Siempre puedo utilizar la experiencia en una novela.

—Ahora sí hablas con coherencia. Ese es el lugar que le corresponde —dijo Rocío. Pagó la cuenta e invitó a Leah al Museo del Romanticismo.

—El nombre suena mucho mejor en español.

El museo estaba a algunas manzanas del restaurante, por lo que pudieron pararse en los escaparates y caminar cogidas del brazo. Al doblar la esquina de la calle San Mateo, se encontraron con una larga cola que se había formado frente al pequeño palacio incrustado entre dos edificios. El frontal estaba pintado con un tono intenso de terracota. En el interior, dos patios, un jardín y un pequeño café reproducían la temática del movimiento romántico español de principios del siglo diecinueve. Brocados de seda y tapices de tafetán dorados; pinturas de la nobleza de tamaño natural; relucientes lámparas de araña; un clavecín; vajilla inglesa y francesa; casas de muñecas y abanicos pintados a mano, creaban un ambiente inolvidable.

—Este es tu lugar —dijo Rocío suavemente para no molestar el resto de visitantes.

—Algunas de estas cosas son mías. ¿No sabías que hace siglos fui una cortesana española? —dijo Leah, y abrió su cuaderno para escribir.

CAPÍTULO CINCO

AL DÍA SIGUIENTE DE LLEGAR a casa, Miguel llamó a Leah desde el teléfono privado de su oficina. Eran las seis de la tarde en Virginia pero medianoche en Madrid. La llamada le sorprendió. Se sentó recta como una escoba en la cama.

—No creas que te he olvidado. Te echo mucho de menos —dijo, mientras ella volvía a tumbarse y colocaba el teléfono en la oreja.

Sus palabras se clavaron en su corazón "a prueba de Miguel", haciendo que se desbocara —de nuevo— con el melódico tono de su romántica voz. Rocío la había convencido de que nunca serían una pareja pública porque él vivía con Susan. Leah acabó accediendo y relegó su aventura con Miguel a un delicioso accidente.

—Me siento medio vacía desde que te fuiste —dijo ella con suavidad—. ¿Qué tal el vuelo? ¿Y qué pasó cuando llegaste a casa?

—Fue un vuelo agradable. Llegar a casa fue duro —dijo con tristeza—. Susan me recibió en el aeropuerto. Me sentí culpable cuando me abrazó. Es una buena persona. De camino a casa me sentía dividido; pensaba en ti pero a la vez estaba contento de volver a verla. Hablamos de España y te vi a mi lado. Nunca me había pasado, es muy desagradable. Todo esto es muy raro. No quiero herirla.

—Entonces, ¿por qué me llamas? —dijo Leah, desanimada. Los vivos recuerdos de su tiempo juntos se evaporaron cuando escuchó el nombre de Susan.

—Porque no puedo evitarlo. ¿Podemos viajar juntos otra vez? Ambos adoramos España y yo te adoro a ti. ¿Qué piensas?

—Ahora mismo no estoy pensando. Demasiados interrogantes.

—Todo lo que te dije lo dije en serio, Leah —fueron las últimas palabras de Miguel después de una hora de conversación. Leah detectó un tenue beso transmitido desde el otro lado de la crepitante línea telefónica internacional.

La noche siguiente no esperaba otra llamada, pero echaba de menos la voz de Miguel, su esencia, su todo. Pero el teléfono guardó silencio. Alrededor de medianoche, su mente romántica recordó la última llamada de Miguel, cuando dijo que las diferencias entre Susan y él seguían siendo evidentes. Resultaron patentes nada más llegar a casa e hicieron aún más dura la decisión de permanecer a su lado. Él había aceptado su destino. Sabía que nunca encontraría a la mujer adecuada. Y sin embargo, conocer a Leah le había dejado muy confuso.

Te quiero, Leah. Las palabras de Miguel resonaban en su cabeza. Sentada a solas en su apartamento, su pacto autoimpuesto de no llamar a un hombre comprometido, flaqueó. Se quedó mirando la pantalla del ordenador, con la esperanza de poder escribir para distraerse. La sólida decisión de no llamar a Miguel de pronto se resquebrajó. Daba vueltas al teléfono en su mano, luchando con su decisión. ¿Llamarlo o no llamarlo? La advertencia de Rocío resonaba en su cabeza. Miguel era débil. Utilizaba el encanto para llevar a mujeres como Leah a sus brazos y a la cama. No era adecuado para ella en este momento de su vida. Ella necesitaba una compañía estable y fiel. Alguien a quien amar para siempre. Alguien a quien llevar a la boda de Dana. Y no era Miguel. Y recuerda, vive con una mujer que confía en él cuando viaja solo.

El teléfono daba vueltas en su mano. Lo agarró con más fuerza y miró la pantalla. Se dirigió al menú de Mensajes Recibidos, vio el número de la oficina de Miguel, se mordió el labio inferior y pulsó Enviar. La ansiedad revoloteaba en su corazón con cada larga señal. Pero, a pesar de la anticipación y de la humedad sexual que sentía mientras esperaba la voz de Miguel, la llamada se convirtió en una que nunca debería haber realizado.

—Vaya —exclamó Miguel—, hola, Leah. Qué sorpresa. ¿Cómo has conseguido mi número personal?

—Está en mi móvil. Me llamaste, ¿recuerdas? ¿Cómo estás?

—Tengo resaca. Susan y yo brindamos anoche por mi regreso, con el vino que compré en ese restaurante de Segovia en el que cenamos tú y yo.

Leah deseó que Miguel hubiera visto su rostro con el primer trago. Aunque escuchó sus palabras, su corazón apenas resistió la crueldad de lo que Miguel acababa de decir. Todavía temblaba por haberle llamado.

—Me está costado mucho olvidarte, Miguel. Se supone que eres un recuerdo fugaz, no alguien que ha capturado mi corazón y mi mente —confesó—. Es maravilloso oír tu voz de nuevo.

—Para mí también lo es. ¿Me estás llamando para invitarme a Nueva York cuando regreses a casa?

Leah no pudo descifrar si su tono era sarcástico o divertido.

—Puede. Si decides empezar una nueva vida, entonces quizá, y es un enorme quizá, podríamos planificar un viaje o podrías simplemente venir a verme a Nueva York.

—Estoy feliz de estar en casa, feliz de estar con Susan y feliz de acostarme contigo de nuevo. Verme contigo en Nueva York sería demasiado deshonesto y arriesgado —dijo Miguel fríamente, añadiendo que el mercado inmobiliario nacional se había hundido. Perdería una suma significativa si se iba de la casa que acababa de comprar—. No puedo asegurarte que vaya a pasar el resto de mi vida con ella, pero ahora mismo no pienso en dejarla.

¿Quién es este hombre que me habla al teléfono? Leah estaba atónita. Esta persona despiadada no podía ser Miguel. No era el hombre dulce y cariñoso que la había llamado la noche anterior. ¿Se trataba de ese hombre extraño y furioso que conoció en Alcalá de Henares durante su horrible última noche juntos? Leah cambió de tema para desviar sus devastadoras palabras. Acabaron hablando de la última semana de Leah sola en Madrid y de su tiempo juntos, en España.

—Te quiero, Leah —dijo con dulzura cuando la llamada finalizaba—. Todo lo que te dije en España era cierto. No puedo seguir contigo en Estados Unidos. Es cruel para Susan y para ti y me convierte en un mentiroso, una vez más. Tendremos que conformarnos con conservar los recuerdos que creamos.

Cuando finalizó la llamada, Leah se encontraba físicamente entumecida y emocionalmente destrozada. ¿Qué hacer? ¿Qué pensar? ¿Cómo sentirse tras la devastadora conversación con el hombre de sus sueños, que la apartaba como a una mosca incómoda? ¿O en realidad era un hombre despreciable? ¿Un amante monstruoso? ¿Qué estaba sucediendo? Qué rápido cambió su temperamento cuando Leah sobrevoló la seguridad de su hogar. Leah se despreció a sí misma profundamente. Aquí estaba ella, una mujer madura viviendo un drama adolescente por culpa de un novio. Pero ni siquiera era su novio. Solo le conocía desde hacía dos semanas. Era el novio de Susan. ¿Qué otra cosa podía esperar de esta estupidez? ¿Qué pasaba con su promesa de no repetir jamás este comportamiento con un hombre no disponible? ¿Había algo en su mente que hacía más deseables a estos hombres?

Pasaron las horas mientras permanecía aturdida, sentada en el sofá. Quería llorar, pero las lágrimas no llegaron; un nudo palpitante permaneció en su garganta. Qué tonta había sido. No había detectado su modus operandi desde el principio. ¿Cómo pudo pasarlo por alto? Ella era un escarceo, una muesca en su culata, como el resto de mujeres. Sabía que las mujeres se enamoraban con los oídos; los hombres con los ojos. ¡Diablos! Era tan bueno con las palabras.

A lo largo de las magníficas autopistas españolas, ella y Miguel habían hablado de la temeridad —y pura felicidad— de su fortuita relación. ¡Qué regalo fue para los dos, encontrarse como compañeros de asiento! Pero Miguel podría haberla matado en la habitación de un lejano hotel, con rayos de luz filtrándose a través de las ventanas. Ella podría haberse largado con sus posesiones o haberle asesinado. Su aventura no implicaba moralidad o juicios de valor. Tampoco consistía en reservarse para el compañero adecuado. Para ella, era la riqueza de ser una mujer madura haciendo el amor con un hombre nuevo. La libertad de seducir a Miguel sin la promesa de un mañana era un riesgo embriagador. Pero ahora se había convertido en una pesadilla, llena de vergüenza y desilusión. Era el clásico escenario sobre cómo un hombre y una mujer ven una relación casual. Ella continuaba en el trance del cuento de hadas; él se había apuntado una nueva conquista y seguía adelante. Con esta llamada, el auténtico Miguel la obligaba a rendirse. No había nada más que hacer, excepto mantenerse digna, lamerse las heridas y aceptar el hecho de que Miguel no tenía la intención de dejar a Susan. Se lo había dicho a Leah. Y era sincero. Ella tenía que aceptarlo. El primer paso era borrar su número de teléfono. No volvería a contactar con él nunca. Después, debía esforzarse por olvidarlo. Esa era la parte complicada, pero lo conseguiría.

Recordó la fiesta que Miguel y Susan iban a celebrar el siguiente fin de semana. ¿Cometería el error de decir "nosotros" en vez de "yo" cuando describiera lo que había compartido con Leah en España? ¿Cómo podría hacer el amor con Susan sin pensar en ella? ¿O resultaba que Leah había viajado por España con Miguel y ahora era otra persona la que vivía en Virginia?

—En casa me llaman Mike. Es el mote americano para Miguel —le había dicho en el avión.

—Prefiero llamarte Miguel. Mike no te va bien —recordó haber dicho Leah.

Escribir era su panacea. Al teclear, a menudo sus dedos describían sus propias experiencias cuando inventaba personajes y diálogos. Le encantaba controlar las escenas. Pero cuando Miguel dejó España y ahora, tras esa horrible llamada, necesitaba controlar lo que le había sucedido a ella, no a su protagonista. ¿Quién era Miguel? ¿Quién era ella cuando estaba con él? ¿Cómo había podido estar tan ciega? Las pistas estaban en las palabras de Miguel en el café de Cuenca.

Esto no es una aventura, Leah. Es una historia de amor. Deberías escribir sobre ella.

Durante su última semana en Madrid, la ciudad permaneció inusualmente empapada en lluvia. Se quedó en casa y escribió. Ningún canario piaba en ninguna parte mientras los torrentes de agua caían de los tejados rojos del apartamento que una vez fue tan soleado. Largos chorros de agua se deslizaban por las puertas del patio hasta formar un charco en el umbral. Leah estaba enferma de amor por la breve aventura que se había desvanecido, pero continuó tecleando. Por la noche, cuando el chaparrón resonaba en la mesa metálica del patio al otro lado de la ventana de su dormitorio, imaginaba a Miguel en la cama junto a ella. Entonces no podía escribir, tan solo abrazarse a sí misma y pretender que los brazos de Miguel la rodeaban.

Sabía que Miguel nunca leería su hermosa historia, en la que Leah recuperaba las mejores partes y pasaba por alto sus desagradables palabras. Si no llegaba a nada más, al menos el ejercicio serviría para una futura novela, sobre todo las escenas de amor. A sus lectores les gustaban. Continuó escribiendo en Madrid y solo rompió su rutina para cenar de nuevo con Rocío, que parecía deseosa por saber si Miguel la había llamado. Le dijo que no. La vergüenza de su última llamada era demasiado como para confesarlo en ese momento. Quizá más adelante. Al decirle que no la había llamado, Rocío reforzó su mala opinión sobre él.

—Apártalo de tu vida. Si intenta contactar contigo, mantente alejada. Solo te traerá problemas.

Leah tenía los ojos llenos de lágrimas el día que hizo las maletas para regresar a Nueva York. Las lágrimas rodaron por sus mejillas en el taxi de camino al aeropuerto de Barajas. Cuando abrochó su cinturón de seguridad, revivió en su mente el memorable e imprevisto viaje con Miguel. De los tres puntos de su agenda mental cuando voló a España —reunirse con Javier, cambiar su relación con los hombres y asumir que iría sola a la boda de Dana—, solo había solucionado el asunto con Javier.

Los otros dos puntos parecían la propiedad mental de otra persona. ¿Cómo habían conseguido escabullirse? La verdadera Leah habría dejado España renovada y más fuerte, después de haber trabajado en solucionar sus conflictos. La Leah que aterrizó en España se convirtió en una mujer dirigida por sus impulsos intuitivos, lo suficientemente fuerte para satisfacer sus necesidades primarias. Su siguiente reto consistiría en combinar las dos Leahs en Nueva York y convertirse en una mujer completa, no la mujer en conflicto que se preparaba para su vuelo de regreso.

Javier era definitivamente cosa del pasado, concluyó cuando el avión rodaba hacia la pista de despegue. Su corazón se cerró cuando lo dejó en la habitación del hotel de Salamanca, sentado en la cama en ropa interior rogando que no lo abandonara. Qué extraño que volviera a llamarla después de aquello. Desvió todas sus llamadas al buzón de voz hasta que desistió.

El avión ascendió y el litoral español se desvaneció bajo una gruesa nube. Leah sonrió al pensar en las consecuencias de haber estrechado la mano de su compañero de asiento, el increíble Miguel Santiago. En esta ocasión, cuando el carrito de las bebidas llegó a su fila, Leah rechazó la bebida. Abrió su bolso y encontró la almohada y el antifaz en el bolsillo, exactamente donde los dejó para el viaje a España. Infló la almohada y cubrió sus ojos. El asiento de al lado estaba vacío. Intentó esconder el recuerdo de Miguel lo más lejos que pudo en su mente, pero lo veía ahí, sentado junto a ella. Su presencia imaginaria la persuadió para apoyar su rodilla derecha sobre la de él, donde permaneció durante el largo viaje a través del Atlántico hasta su hogar en Nueva York.

Leah sintió como si recibiera un gran abrazo de su apartamento de Nueva York cuando giró la llave y entró. Dejó una maleta grande para deshacerla por la mañana. Abrió la bolsa del portátil y colocó el ordenador sobre una mesa. En unos minutos, se abrió la pantalla de bienvenida. Leah era adicta a Internet. Accedió al Centro de Entretenimiento y encendió la televisión. Sonrió cuando oyó hablar en inglés. Se sirvió una copa de vino español, se quitó los zapatos liberando sus pies hinchados por el largo viaje y dejó caer su cansado cuerpo en el sofá semicircular.

La terraza exterior se extendía a lo largo de uno de los lados del salón y ofrecía la vista de una espectacular puesta de sol que envolvía los rascacielos cercanos en tonos rojizos, púrpuras y amarillos. Las paredes mostraban objetos decorativos de las aventuras de sus viajes. Desde máscaras indonesias de caoba tallada, a un tambor bodhran irlandés de piel de cabra. Además de ser bonitas, las piezas de arte siempre generaban conversaciones con los invitados. Leah admiró su apartamento de dos dormitorios, decorado con tonos desde el blanco a la almendra suave, muebles contemporáneos y altos helechos de hojas verdes, y sucumbió a la comodidad de encontrarse en casa.

Su historia de amor con Miguel escrita en España, seguía siendo un documento de Word sin abrir.

Durante un mes su frenética vida neoyorquina la había consumido y ahora no podía deshacerse del recuerdo de Miguel. La perseguía y Leah se odiaba a sí misma por permitirlo. Era débil. Sabía que él no llamaría y no lo hizo. ¿Pero por qué no podía borrar sus besos de sus labios? Los recuerdos de sus eróticas relaciones le mantuvieron dentro de ella, que se sentía preparada para el clímax mucho después de su marcha. Escuchaba su atractiva voz de barítono susurrando, te quiero. Cualquier mujer en su sano juicio habría abandonado esos recuerdos en la última cama que compartieron en España. O al menos habría permitido que se evaporaran cuando sus maletas cayeron en la cinta transportadora de su vuelo a Nueva York.

Debido a que vivía una vida de semirreclusión como

escritora, Leah se había obligado a sí misma a realizar actividades sociales con hombres y mujeres que habían cobrado la forma de amistades profundas y duraderas. Pero disfrutaba especialmente de sus amigas. En principio había decidido mantener a Miguel en secreto, temiendo que sus amigas pensaran que había sido una tontería haber huido con él. Se preguntarían si había una base real para creer en una relación duradera. ¿Pero para qué estaban las amigas si no era para compartir experiencias?

Leah creaba ficción y artículos de viaje de no ficción pero la historia de amor con Miguel llegó desde su corazón. La experiencia de conocer a un hombre en un avión y que esa relación hubiera ascendido hasta convertirse en una tórrida aventura amorosa cautivó la imaginación de sus amigas cuando la conocieron. Muchas de sus amigas tenían edades parecidas a la suya. Algunas estaban divorciadas, otras nunca se habían casado. Leah no solía socializar con mujeres casadas. El terreno de juego no estaba igualado. Poco a poco, fue pidiendo a sus amigas neoyorquinas que leyeran la historia que había escrito sobe su experiencia con Miguel en España, sin imaginar el entusiasmo con el que fue recibida. Sentaba bien lanzar el relato al mundo.

—Cuéntame más. ¿Cómo alcanzaste ese nivel de libertad sexual con ese hombre? Me gustaría tener lo que has tenido tú con él —dijo su amiga Rita—. Echo de menos el romance en mi vida. Has agitado mi corazón con esta historia.

—No puedo explicarlo por completo —dijo Leah—. Nos conocimos y la atracción fue explosiva. Todavía no he podido quitármelo de la cabeza. Está en mis párpados cuando me despierto y cuando me acuesto.

Rita había perdido la cuenta de sus amantes y los clasificaba por décadas. Pero ninguno había perdurado. No era una "mujer fatal" pero, ya en los cincuenta, tampoco tenía la mentalidad de una virgen. Hablaba con nostalgia sobre no haberse casado nunca y ahora se daba cuenta de que echaba en falta un importante evento de la vida.

—Es como si hubiera olvidado casarme y tener hijos. Así que ahora mimo demasiado a mi perro, como muchas otras neoyorquinas cincuentonas solitarias. Tienes suerte de tener hijos, Leah.

Como abogada corporativa, trabajaba muchas horas y tenía unos ingresos lo suficientemente altos como para mantenerse a sí misma y también a un hombre, aunque éste nunca llegó. Al contrario que Rocío, que había perdido toda esperanza con los hombres, a Rita le encantaba jugar.

—Huir con tu compañero de asiento fue muy atrevido, Leah. Podrías enseñarnos a todas cómo hacerlo. Mantenme informada si te llama.

—No espero que lo haga, pero gracias por leer lo que he escrito.

Vicki, su amiga divorciada, era escultora y vivía en un *loft* de artistas en el SoHo. Leah adoraba sus cualidades místicas. Hablaban a menudo sobre los hombres de sus vidas. Antes del viaje de Leah a España, Vicki le aconsejó que abriera sus *chakras*.

—Deja que penetren todas esas interacciones físicas, mentales y emocionales —dijo.

En Google, Leah aprendió a encontrar los siete puntos de su cuerpo. Ciertamente se abrieron cuando conoció a Miguel, en especial el punto sacro. Éste se corresponde con el centro sexual y creativo del cuerpo.

Cuando Vicki leyó la historia de Leah, se encontraba creando plátanos de cerámica rosa decorados con grabados para darles un toque femenino juguetón. Las frutas estaban pensadas para usarse con seductores propósitos curativos. El diseño del empaquetado estaba todavía en la mesa de trabajo y debía ser sensual.

—Leah, ¿te importa si utilizo partes de tu escena de amor con Miguel en Segovia para el empaquetado de los plátanos? —preguntó Vicki.

—¿Eh? ¿Cómo pueden funcionar mis palabras con los plátanos?

—Tú solo di que sí, ya verás a lo que me refiero. Deja que dé más difusión a esa tórrida noche española que vivisteis. Vamos, por favor. No te arrepentirás.

—De acuerdo. Úsala. Mi historia de amor con Miguel merece un empujón. Aunque sea en una caja con un plátano de cerámica rosa —dijo Leah y soltó una carcajada.

Cuando Leah acudió a la inauguración de Vicki en una librería de Manhattan especializada en arte y literatura erótica, la escena de amor en Segovia tenía una nueva interpretación. Vicki había copiado el texto en papel de seda rosa y lo había dividido en largas y delicadas tiras rizadas. Todavía se podían leer algunos fragmentos de las palabras de Leah. Habían colocado algunos montones de tiras de papel en una mesa, cono los plátanos rosas de 69 dólares colocados encima. Dos chicas universitarias, que trabajan como vendedoras, habían colgado pequeños trozos de las tiras de papel de sus pendientes. Uno de los tirabuzones colgantes incluía una descripción del recuerdo erótico de Leah; el otro hablaba sobre la imagen de la juguetona lengua de Miguel.

—Bueno, ¿qué piensas? —dijo Vicki, dándole un codazo a Leah—. Gran idea, ¿verdad?

—Tu talento nunca deja de sorprenderme —dijo Leah con una amplia sonrisa.

Vicki llevó a Leah a un lado mientras los clientes cogían los plátanos, leían los textos, sonreían o reían por lo bajo ante las creaciones rosas. Se vendieron algunas.

—Escúchame —dijo Vicki—. Tienes que hacer algo grande con esta historia de Miguel. Tiene fuerza. Hay un mensaje poderoso para las mujeres. Cuando recogí el papel de seda en la imprenta, la chica me preguntó si había más páginas escritas.

—¿Lo leyó? ¿Eso no va en contra de la política de esa empresa?

—Probablemente, pero has escrito un material muy sexy, Leah. Llamó su atención. No solo lo leyó, pidió más. ¿No te parece increíble? Saca esa historia de dentro. Anímate, muchas mujeres valorarán el mensaje.

Después de la inauguración, Vicki invitó a su lista de "Mujeres Increíbles" a una cena íntima en un restaurante mexicano cercano. Una pareja de lesbianas llegó tarde y se sentó a la gran mesa. Un foco dirigía su luz directamente sobre ellas. Cuando Vicki entregó a las mujeres la caja con el plátano, se inclinaron las unas sobre las otras mientras las abrían. La chica con el pelo negro de punta, enormes gafas de concha negra y vestida con una chaqueta negra de cuero con tachuelas en los hombros y brillantes cremalleras en los bolsillos, desplegó una tira de papel de seda. Suavemente, leyó las ardientes palabras de Leah a su compañera acurrucada a su lado, de rostro saludable, rizos dorados y un ajustado vestido estampado con flores.

Se pasaron el plátano rosa la una a la otra y sonrieron.

—Eso que has escrito está muy bien —dijo la mujer con el pelo de punta, cuando Vicki presentó a Leah como la autora.

Hasta ese momento, Leah era simplemente una amiga bebiendo margarita helada y sumergiendo nachos en salsa picante. En una bolsa de Bloomingdale's a sus pies, tenía guardados tras plátanos rosas de diferentes tamaños. Vicki se los había regalado a cambio de utilizar sus escritos.

—¿Cómo has conseguido escribir algo así? —preguntó la sorprendida universitaria, sentada a su lado. La escena amorosa de Leah colgaba de sus pendientes—. Me encanta lo que has escrito. Era como muy real, como si estuviera ahí con Miguel y contigo. ¿Pero no te avergüenza poner tu vida sexual en un papel? Yo no podría hacerlo. Aparecería en mi página de Facebook. No se me ocurriría exponerme como tú has hecho. Pero te admiro por haberlo escrito.

Leah se sentía incómoda al haber sido identificada públicamente, ya que nunca antes había escrito con tanta sinceridad sobre su vida sexual. Pero la estudiante estaba tan sedienta de conocimiento que Leah se enderezó en su silla y le dio la respuesta de una mujer mayor y más sabia.

—Bueno, es fácil. Olvídate de Facebook. Los jóvenes estáis demasiado metidos en las redes sociales. Ve a casa esta noche y escribe la escena de amor más caliente que recuerdes. Envíatela a ti misma. El impacto será increíble cuando abras la carta y leas tus propias palabras. Después comparte la carta con gente, en persona, y observa su reacción. Hacer el amor es una parte natural de la vida. El romance y el sexo deberían ser experiencias que se disfruten toda la vida. Pero debes ser selectiva; de lo contrario los hombres pueden herirte permanentemente.

—Gracias por el consejo. Lo intentaré esta noche, pero nunca he tenido un novio que me dijera las cosas que Miguel te decía a ti.

Vicki llevó a Leah aparte cuando salía del restaurante.

—¿Le has enviado esta historia a Miguel? —le preguntó, mirándola fijamente.

—No, pero la reescribo constantemente. ¿Estaré intentando mantener viva esta relación, aunque solo sea en el papel? No puedo olvidarlo.

—Qué diablos, Leah. Envíasela, es hermosa. Todas sabemos que quieres acabar con esto, pero sacúdele un poco con la verdad. Él es como muchos hombres que hemos conocido. No tiene pelotas. Mucha verborrea psicológica y corazones rotos. Envíasela, por favor. Haz que lea lo que te dijo. Quién sabe, a lo mejor esto no ha terminado todavía.

Tres taxis libres pasaron por delante de Leah, que permanecía de pie, aturdida en la esquina de Broadway, pensando en el consejo de Vicki. ¿Qué conseguiría enviándole la historia a Miguel? Una nueva llamada suya contándole lo feliz que era en su casa con Susan. Pero en realidad, esto no incumbía a Susan. La historia de Miguel y Leah era hermosa, sexy y real. Él debía verla. Su voz interior —o quizá su insensatez, de nuevo— deseaba que esto lo atrajera de nuevo a su lado. Si no la quería en su vida, debía decírselo otra vez para zanjar el tema. A un nivel profundo, sabía que él la echaba de menos tanto como ella le echaba de menos a él.

Al día siguiente, recuperó su número de teléfono de un Post-It que había pegado en la carpeta "El rapto de Miguel" del cajón de su escritorio. Ese era el título de la historia.

—¿Hablo con la auténtica y sensual Leah Lynch? —dijo él, cuando le llamó.

—Así es.

—Estoy encantado de que hayas llamado. ¿Cómo estás? Pienso mucho en ti.

—Estoy bien. Yo también pienso en ti.

—Tengo un regalo para ti —dijo él—. Es un álbum de fotos de nuestro viaje. Te lo enviaré junto con varios libros de los que hablamos en nuestras largas horas al volante. España no ha vuelto a ser la misma sin ti —añadió con un dulce e infantil toque de melancolía en su voz.

—Yo también tengo un regalo para ti. Gracias a tu sugerencia en Cuenca, he escrito nuestra historia de amor. No pensaba que pudiera escribir tan vívidamente, pero las palabras salieron solas. No tenía notas de referencia, solo mi corazón recordándote. ¿Te puedo enviar la historia a la oficina?

—¿La escribiste? Estoy impactado. Por supuesto, envíala. Qué gran honor.

—¿Sigues con Susan? —Leah no podía creer que hubiera hecho esa pregunta.

—Sí. Su mejor amiga de la infancia acaba de morir. Necesita mi apoyo en estos momentos.

—Oh, lo siento. Nuestra historia estará en el correo mañana. Se titula "El rapto de Miguel".

—¿Quién raptó a quién? ¿Eso es lo que parece?

—Sí.

Leah leyó la historia muchas veces, comprobando su fluidez, cada expresión y cada coma, antes de imprimir una copia para Miguel. Con cada lectura, se sintió más profundamente enamorada de él —o al menos del hombre que había sido en España. No conocía al Mike americano. Pero no podía hablar de eso en su nota de acompañamiento. En lugar de eso, escribió algunas líneas superficiales diciendo que esperaba que le gustara su trabajo. Leah no confiaba en el servicio postal, aunque lo había utilizado con otros manuscritos, de forma que se acercó a una sucursal de FedEx y pagó una tarifa adicional por una entrega a primera hora de la mañana.

—Nunca había recibido un regalo como este —dijo Miguel varios días después, cuando llamó—. Solo he leído por encima algunas páginas porque tengo mucho trabajo. Tu recuerdo de nuestra exquisita noche en Segovia me llevó rápidamente de vuelta a España y entre tus brazos. Te hacía el amor en tu ausencia. Pero necesito estar tranquilo en la oficina para leerla con toda mi atención. Te llamaré el domingo. Te quiero, Leah

—dijo con dulzura antes de colgar.

Leah olvidó preguntarle a qué hora llamaría el sábado, dándose cuenta de la omisión cuando revivía una y otra vez su conversación en su solitaria mente, mientras esperaba a que su número de teléfono iluminara su teléfono móvil. Aquello la exasperaba, sobre todo porque no estaba acostumbrada a no tener un contacto instantáneo con él. Pero no le molestó lo suficiente como para darse cuenta de que había pasado a un segundo lugar con Miguel. Su vida en su hogar de Virginia estaba en primer lugar; Leah ya no estaba en su horizonte, mucho menos a la vista por la mañana, entre las almohadas. Cuando un haz de luz dorada del ocaso atravesó la ventana de su apartamento y Miguel aún no había llamado, se sintió devastada. Al anochecer, supo que su llamada nunca llegaría, ni aquel día ni ningún otro. Miguel ya había dejado atrás España y a ella, para cuando su historia de amor llegó a su despacho de Virginia.

.

CAPÍTULO SEIS

PASARON DOS ESTACIONES SIN NOTICIAS de Miguel ni reacción alguna a "El rapto de Miguel". Leah había puesto sus esperanzas en que sus palabras escritas le sedujeran lo suficiente como para que quisiera conocerla mejor. Quería una llamada en la que le dijera que todavía la quería. Quería que dejara a Susan. Su rechazo, su pasividad, resultaba abrasadora. Finalmente, su recuerdo, una vez tan elevado, ahora según se alargaba el silencio, la entristecía. Pero tenía que aceptar el hecho de que algunas cosas de la vida no se arreglan sin más. En algún momento del proceso, al recuperar su cordura, comenzó a admirar a Miguel por mantenerse alejado; obviamente, Susan seguía siendo el centro de su vida amorosa.

Leah pidió amablemente a sus amigas que dejaran de preguntarle por él. Lo había apartado de su alma, por no mencionar de sus labios. Al mismo tiempo, reconocía que Miguel había despertado dentro de ella un profundo deseo de enamorarse de nuevo. Quizá ese era su propósito. ¿Pero cómo y dónde encontraría ese nuevo hombre? Se hacía mayor. Las oportunidades de conocer a alguien por casualidad se escapaban junto al éxtasis que había sentido con Miguel. Quizá merecía la pena conocer a alguien a través de Internet.

Una suave tarde neoyorquina, Leah dejó el apartamento de una amiga en un edificio del Midtown, de camino a una cita a ciegas. Estaba inquieta. Era su primera aventura con Match.com. Cuando llegó al vestíbulo y entró en una sección de la puerta giratoria, un mensajero entró en otra. Empujó la puerta con tanta fuerza que envió a Leah a la acera dando tumbos.

Decidió caminar hasta el pequeño bar en el que conocería a Gary Collier. Los neoyorquinos están programados para desplazarse de un lado a otro por la acera. A Leah le gustaba lo que el ejercicio hacía por reafirmar sus muslos. Caminar también garantizaba un tiempo estupendo para observar, ya que por las calles de la ciudad desfilaba gente extraña y divertida. Aquella noche pasó una persona que vestía un pesado abrigo cubierto con bolsas de basura verdes atadas con cinta adhesiva. Empujaba un carrito de tela lleno de deshechos y a su paso dejaba un rastro de olor corporal acre.

Desde el otro lado se acercó parloteando una mujer de mediana edad. Al principio parecía presentable, vestida con un traje de lino azul pastel. Cuando se acercó cojeando sobre sus puntiagudos zapatos de charol de tacón, Leah observó su cómico rostro. Se había embadurnado la piel caída con capas de maquillaje marrón oscuro. Las cejas arqueadas parecían bumeranes de chocolate. Los labios de la mujer estaban rodeados por varias capas de pintalabios, convirtiendo su boca en una especie de diana.

—Pues claro, cariño, me encantaría cenar contigo —dijo, cuando pasaba junto a Leah—. ¿Cenamos en 21 o en Four Seasons?

El paseo preparó a Leah para la cita a ciegas. Visualizó a Gary entrando en Manhattan por la autopista de Long Island. ¿Estaría nervioso él también? Se habían conocido online y acordaron una reunión en persona después de varias semanas de mensajes de correo. Las citas online para encontrar el amor incomodaban a Leah. ¿Había tocado fondo? Pero la búsqueda se relacionaba con todo lo que había hecho en su vida con el ordenador: correos electrónicos, facturas, artículos o novelas. ¿Por qué no encontrar un hombre nuevo en Internet? Varios días después de iniciar su búsqueda de compañía, estaba enganchada a la seguridad del anonimato, que le permitía navegar según sus preferencias de personalidad, todo a un clic del ratón.

Gary contactó con ella primero. A ella le gustó que fuera aficionado al baile. Él no lo sabía, pero una de las fantasías de Leah tenía lugar en un gran salón de baile donde ella y su hombre daban vueltas, solos, rodeados de coloridos frescos.

—Vuelve a la realidad —dijo, cuando su mente repitió la escena mientras caminaba por la Séptima Avenida. Por teléfono le causó buena impresión y se trataba tan solo de una primera cita.

Roxie's Lounge, en el distrito teatral, tenía puertas dobles de madera con placas de metal reluciente que sujetaban los picaportes. Los dibujos grabados en el cristal representaban caricaturas de mujeres de Chicago, el éxito de Broadway. El lugar tenía un resplandor cálido y acogedor, con sus paredes de ladrillo, su larga barra y los enigmáticos dibujos en los marcos de caoba. Leah se sentó en una de las mesas altas con dos taburetes, lo suficientemente alejada de la ruidosa multitud; un lugar perfecto para una primera cita.

—Llevaré una gorra —dijo Gary cuando quedaron—. Y soy unas 35 libras más pesado que en la foto de Internet. Ese peso adicional ha ido llegando sin que me diera cuenta. Pero tengo un nuevo CD de ejercicios genial que quiero empezar a usar la próxima semana.

—Sí, sé a lo que te refieres con lo del peso. Espero que puedas perderlo, por tu bien. A nuestra edad no es bueno.

Se temió lo peor.

El sobrepeso era un problema para ella. Si un hombre no podía cuidar de sí mismo con la edad, ella no iba a hacer de enfermera. Ella buscaba un aspecto decente, buen aseo personal y una personalidad estupenda. La cualidad principal que buscaba era valentía, pero por qué mencionarlo en la llamada telefónica inicial. ¿Quién iba a admitir ser débil? También necesitaba humor en la ecuación, pero eso era innato, no se aprendía. La mayoría de perfiles en los sitios de citas enumeraban el "sentido del humor" como algo importante, lo cual le pareció estúpido. ¿Quién quería un gruñón a su lado? Sabría enseguida si Gary podía contar una historia divertida o simplemente reaccionar al oír una. Y debía ser un amante estupendo. El carácter, la honestidad y el valor también eran importantes. Sus amigos tenían esos atributos pero con ellos no se acostaba.

—Quizá podríamos cenar en el restaurante si la noche va bien —dijo Gary.

Leah se tomó ese comentario como un código secreto. Si había química, continuarían en el comedor. Maldito cutre. ¿Por qué no cenar de todas maneras?

—Una copa de Merlot —dijo Leah a la camarera, cuando la puerta se abrió y entró un hombre con gorra.

Una amiga le había aconsejado que nunca diera una descripción sincera de sí misma cuando concertara una cita a ciegas en un bar. Así podría comprobar primero cómo era él. Y poner a prueba su propia intuición. Si no le gustaba, podía irse sin llamar la atención. Leah pensó que no era mala idea mientras el hombre de la gorra a cuadros sonreía y caminaba hacia ella.

—¿Leah? ¿Leah Lynch? —preguntó, nervioso.

—Tú debes de ser Gary —dijo ella, fingiendo una sonrisa cálida y extendiendo la mano.

En ese mismo instante, mientras él se quitaba la gorra y la guardaba en su bolsillo trasero, Leah se sintió incómoda. Evitó una primera mirada larga porque no quería que su decepción resultara evidente. No se podía decir que hubiera buenas vibraciones. Quizá hacia el final de la tarde la cosa cambiara. Cuando se acomodó en su silla, Leah observó grandes rollos de grasa por debajo y por encima de su cinturón. Le recordaba a Patachunta, ¿o era Patachún? Intentó ignorar su tamaño. Al fin y al cabo, casi todo el mundo tenía algo colgante o prominente. ¿Pero por qué puso "delgado" en su perfil?

Un silencio cayó sobre Leah y Gary, el siempre embarazoso inicio de las nuevas conversaciones. Cuando las palabras por fin llegaron, comenzaron despacio.

—¿Qué tal el trayecto hasta a la ciudad?

—No ha ido mal, pero prefiero vivir en Long Island. Nunca me he animado a Manhattan. Tomaré una Bud —dijo, cuando se acercó la camarera.

La vela de la pequeña mesa hacía parpadear la imagen de Leah en las anticuadas gafas de Gary. Cuando Leah pasó sus cuidados dedos sobre el borde del candelabro, los ojos de Gary la siguieron. Su lengua pasó por la curva de su labio superior. Ella retiró la mano. Tenía cerca de sesenta años, estaba divorciado y tenía un hijo mayor.

—Supongo que se podría decir que lo desatendí de pequeño. Era demasiado para mí. Ahora ya es mayor. Y me vuelve a gustar.

—A mí me parece una labor paternal algo insensible —dijo Leah, sorprendida ante una respuesta tan directa.

Leah no quería revelar mucho de su pasado, de forma que buscó temas de los que hablar con él. No todo el mundo la conocía como un ama de casa que se turnaba con otras madres para llevar a los niños al colegio, preparaba tartas para recaudar fondos, iba de casa en casa pidiendo dinero para obras de caridad y llevaba una existencia desabrida hasta que un día la dejó atrás. Y no a todos los hombres les gustaban las mujeres independientes.

—Entras y sales demasiado —le dijo un hombre en una cita—. La mayoría de hombres temerían iniciar una relación duradera contigo. Contigo no hay nada de permanente.

Cuando la conversación de Gary y Leah se extendió, él se jactaba de lo mucho que le gustaba a sus novias el Stroganoff de ternera que preparaba para ellas. Insinuó que su éxito provocaba que se quedaran a pasar la noche.

¡Fuera! ¡Fuera! Eso es todo lo que Leah quería de su horrible cita por Internet. *Quizá debería levantarme de este taburete y salir dispara por la puerta.*

—Mañana me espera un día duro —dijo, apurando el resto de su vino—. Será mejor que me vaya. Puedes quedarte a terminar tu cerveza, si quieres. Volveré caminando a casa.

—Yo te acompaño a casa. Eres muy simpática —dijo, y pidió la cuenta mirando el bolso de Leah, dando por hecho que compartirían el coste. Pero Leah le ignoró.

Mientras caminaban por la Séptima Avenida, él enumeró sus habilidades en la pista de baile e insinuó sus proezas en la cama. Cuando llegaron al edificio de su apartamento, Leah buscó sus llaves e introdujo la más grande en la cerradura. Gary sostuvo la puerta como si pretendiera pasar con ella.

—Eh... buenas noches Gary —dijo ella, bruscamente—. Ha sido un placer conocerte. Te deseo mucha suerte con tus citas por Internet, pero creo que no estamos hechos el uno para el otro.

—¿A qué te refieres? Nos estamos llevando bien.

—Quizá para ti, pero no para mí. Y has mentido en Match.

Eres mucho mayor de lo que aparentas en las fotos. Eras más grueso que delgado. No tenemos nada en común. Pero gracias por el vino.

—Bueno, mira. Todos mentimos en Match. Una vez, en una cita, apareció una mujer y no fui capaz de reconocerla. Había utilizado la foto de su hija en su perfil.

Cuando Leah extendió su mano, le desconcertó, pero le devolvió el gesto. Leah esperaba que su fría despedida mostrara su falta de mayor interés.

—Buenas noches, Leah —dijo él, sosteniendo su mano entre las dos suyas—. Espero volver a verte. Te llamaré.

Ella sonrió y retiró la mano. Esperó a que se fuera antes de abrir la puerta frontal. Lo único que quiere es sexo, pensó Leah mientras esperaba el ascensor. Se sintió sola, abatida y perdida en el mundo de las citas. Nunca le había gustado. Qué tarde más decepcionante. Al menos sabía lo que no quería en un hombre. Su intuición se había mantenido a la altura. Leah echó los dos cerrojos de la puerta de su apartamento, contenta de estar de nuevo en casa. No quiso encender las luces. Aquella noche prefería la oscuridad. El teléfono se iluminó con varios mensajes que ella ignoró.

A la tenue luz de la luna, Leah desabrochó los botones de su blusa, desabrochó su sujetador, bajó la cremallera de su falda y se deshizo de la ropa, dejando que se apilara en el suelo. Abrió un cajón de la cómoda, sacó unas mallas de algodón negro y se puso una camisa de manga larga; su uniforme para relajarse en casa.

—Menudo cretino. Estúpido. Solo quiere un polvo fácil —murmuró mientras caminaba hacia el sofá para estirarse y contemplar el cielo neoyorquino. Su mirada se topó con miles de ventanas iluminadas en cientos de apartamentos. Inhalaba y exhalaba soledad, rodeada por una maravillosa quietud. Cerró los ojos, que se le empezaban a llenar de lágrimas, pero se levantó de un salto cuando sonó el telefonillo.

—No me digas que ha vuelto —dijo, caminando lentamente hacia el telefonillo. Cuando sonó de nuevo, dudó. ¿Responder o no? Descolgó el auricular.

—¿Quién es?

—Hola, mamá. Te he dejado varios mensajes. ¿Puedo subir?

—Claro que sí. Mi puerta siempre está abierta para mi preciosa hija.

—Mamá, ¿cómo es posible que tengas la ropa por el suelo? Eso no es propio de ti —dijo Dana cuando entró en el dormitorio para dejar el abrigo sobre la cama de su madre. Después se unió a Leah en el sofá.

—He tenido una cita a ciegas horrible, cariño. He vuelto a casa sintiendo lástima de mí misma. No me he dado cuenta de que he tirado la ropa. Pero no hablemos de mí. ¿Cómo van los planes de boda?

—Bastante bien, pero necesito ayuda, mamá.

—De acuerdo, hagamos una lista de cosas que hacer. Es tan emocionante verte convertida en una novia.

Durante las siguientes dos horas, Leah y su hija planearon el día de boda y el menú y revisaron la siempre creciente lista de invitados. Mucha gente solo conocía a Leah como la señora McCord. No quería volver a verlos, pero no podía contarle a su hija la sensación que crecía en ella según se acercaba la boda.

—¿Vienes con alguien a la boda, mamá?

—No. Solo yo. Me gustaría tener a alguien especial, pero no tengo a nadie.

—¿Quieres que Steve y yo te busquemos a alguien? Conoce a muchos hombres solteros en el hospital que podrían acompañarte. Podría ser un secreto entre nosotros tres. ¿Te interesa?

—No, cariño, no hace falta. Iré sola. —¿Te apetece una taza de té? —preguntó bruscamente, para desviar el incómodo tema.

—Bueno, si tú tomas uno, yo también.

Leah se levantó y fue a la cocina. No quería que Dana viera las lágrimas asomar a sus ojos. ¿Era un fracaso a los ojos de su hija porque no tenía un hombre en su vida? ¿Qué pensarían aquellos viejos amigos del barrio si acudiera sola?

Mientras Leah preparaba té y unas galletas, se le vino a la mente una conversación reciente con Melanie, una amiga de Rhode Island. Dana enviaba mensajes de texto en el sofá mientras esperaba a su madre.

—Leah, ¿Qué pasa aquí? —preguntó Melanie cuando hablaban sobre la boda—. ¿Cómo es que no tienes un novio formal o un nuevo marido?

—Todavía no. Hasta que llegue, soy una coleccionista de amor —dijo Leah, enmascarando la realidad de los últimos años: que realmente deseaba tener a un hombre en su vida.

—Esa es buena. "Una coleccionista de amor". A estas alturas debes tener una buena cantidad. ¿Traerás alguno de esos coleccionables a la boda?

—Ya verás —dijo Leah, consciente de que no tenía a nadie a quien invitar.

Le tenía especial miedo al primer baile. Quizá podía contratar a alguien de una agencia de citas, y pedir a alguien más joven que ella. Debería ser elegante y capaz de dar envidia al resto de mujeres. "Aquí tenéis a mi última conquista", diría a todo el mundo con un guiño. "Nada como un arrebatador amante más joven hasta que aparezca el hombre adecuado", añadiría. Quizá, podría pagarle más por ser especialmente atento. El dinero ya no era una preocupación para ella. Se atrevía a contratar una cita, pero no era su estilo. Era una mujer reconocida por manejar situaciones delicadas con valentía y honestidad. Aparecer con un galán falso en la boda de su hija era un acto de desesperación. Pero aquella conversación tuvo lugar antes de que Leah fuera a España y conociera a Miguel. Resultaba asombroso cómo un encuentro casual podía cambiar el mundo propio. Ahora Leah solo le quería a él a su lado, y para siempre.

—Dana, ¿cómo quieres el té? —gritó Leah desde la cocina—. ¿Quieres azúcar o ya eres lo suficientemente dulce?

—Sin azúcar, mamá, solo limón. ¿Qué te dice eso de mí?

Leah regreso al sofá llevando una bandeja de porcelana china decorada con hortensias de color rosa, lavanda y azul. El elegante souvenir era originario de Stoke-on-Trent, donde Leah había investigado y escrito un artículo sobre la porcelana y la cerámica inglesas. El té Earl Grey humeaba en dos delicadas tazas iguales.

—Mamá eres una mujer hermosa y especial. ¿Cómo es posible que no te hayas vuelto a casar? —preguntó Dana, sorprendiendo a su madre por lo repentino de la cuestión.

—Nunca he deseado un nuevo matrimonio, cariño. Además, criar a dos hijos en la distancia elimina la posibilidad de una búsqueda seria. Todos los viajes que he hecho, la soledad necesaria para escribir novelas y sí, todas mis aventuras amorosas no son precisamente lo más adecuado para un matrimonio o para ayudarme a encontrar a alguien permanente. Las dos recordamos el breve compromiso con Sal, pero olvidémonos de eso también. No me arrepiento de nada, cariño. Ahora soy una mujer feliz, pero con la edad resulta más difícil encontrar al hombre adecuado. Las citas ya no llegan con tanta rapidez. ¿Te preocupa que no tenga a nadie a quien invitar a tu boda? Dime la verdad, Dana.

—A mí no me preocupa si a ti no te preocupa, mamá. Ahora que estoy a punto de casarme, puedo imaginar el dolor que sufriste cuando tu matrimonio no funcionó. Me destrozaría pensar que mi vida con Steve fracasara. Cuando era más joven, era tu hija. Ahora, sentada a tu lado, también soy tu amiga. Alguna vez te he dicho lo mucho que te quiero y te respeto. Ahora te lo digo otra vez. Pocas mujeres podrían lograr lo que tú has logrado. Me has enseñado a ser una mujer fuerte. Gracias —dijo Dana con los ojos empañados.

—Dejar nuestro hogar fue la decisión más difícil que he tenido que tomar. Pero contaba con la bendición de tu padre. Fue muy duro, obviamente, pero fue lo mejor para todos. Superar el divorcio fue un proceso largo. Ahora papá y yo somos mejores padres. Pero no hablemos más del pasado. Sigamos planeando tu maravillosa boda.

—Por el gran día —dijo Leah levantando su taza y haciéndola chocar suavemente con la de su hija.

Leah no podía decirle a su hija que no quería asistir sola a su boda. Eso sonaría ridículo, superficial y egoísta. No debía arrastrar a su hija a su obsesión respecto a regresar a Rhode Island sin un hombre. Para evitarlo, Leah mantuvo un tono de conversación animado y lleno de risas. Interrogó a Dana sobre cada detalle de la boda. Cuando tocaron el tema del dinero, Leah le dijo que no debía preocuparse.

—Está bajo control. Tú solo tienes que preocuparte de estar radiante y pasar el resto de tu vida con tu marido.

—Eras una madre increíble —susurró al oído Dana a su madre cuando se abrazaron antes de marcharse, durante más tiempo de lo habitual.

—Soy quien soy gracias a que me amas y me comprendes desde mucho antes de que yo misma me comprendiera —dijo Leah, conteniendo un sollozo.

Cuando Dana se fue, Leah marcó el número de su ex-marido.

Lo conocía de memoria.

—Jim —dijo, sin expresar mucho con su voz, cuando él contestó—. Dana ha pasado por mi apartamento esta noche. Hemos hablado de su boda.

—Está muy emocionada, ¿verdad?

—Nosotros también lo estábamos con la nuestra. Pero eso fue hace siglos. ¿Qué tal están tu mujer Sun-Hee y tu hijito?

—Estamos todos bien. Max es un bendito demonio. No para quieto.

—Bien. Me alegro de que todo vaya bien. Sé que estuvimos de acuerdo en que el divorcio trajo un dolor innecesario a nuestros hijos —dijo Leah, saltando al propósito de la llamada—. Pero aún así se han convertido en dos adultos estupendos. La boda de Dana debería ser todo lo que ella quiera que sea.

—Sí, les hicimos daño, así que intentemos que esta boda vaya lo mejor posible. Y quiero darte las gracias por divorciarte de mí —añadió—. Estos últimos años han sido los mejores de mi vida.

—Un placer. Dejar de ser la señor McCord también ha sido estupendo para mí. Voy a planificar la parte financiera de la forma más cómoda para nosotros —dijo Leah con voz de superioridad—. ¿Qué te parece si tú pagas el vestido de Dana y yo me encargo del resto de gastos incluyendo la barra libre?

Su vida después del divorcio y de dejar Rhode Island había sido un éxito. Sus novelas eran éxitos de ventas y el dinero había dejado de ser un problema. Dana no debía pagar nada.

—Eso es muy generoso, Leah. ¿Estás segura?

—Segurísima. No hace falta que nos reunamos ni que nos llamemos más. Nos vemos en la boda de Dana. Será un gran día.

Cuando colgó, Leah sintió que entraba en una especie de trance. La calle de su ciudad natal y sus días de recién casada se desplegaron mientras su mirada se perdía en el espacio. La primera compra de los McCord fue una casa en la avenida Williston en un barrio idílico de clase media de Nueva Inglaterra. Los vecinos saludaban al pasar, retiraban la nieve de la acera, cortaban el césped en verano y rastrillaban las hojas caídas para recogerlas en grandes bolsas de basura. En Navidad, sus arbustos de azalea siempre verdes brillaban llenos de luces. Los McCord encajaban bien.

Leah recordó sus intensos sentimientos por Jim desde el momento en que lo conoció en la cafetería del instituto. Después de tres años de lujuriosas citas, le entregó su virginidad. Un año después se casaron y planearon sus vidas en Rhode Island, llenos de inocencia. Para muchos su matrimonio era idílico, sin embargo, a Leah le resultaba demasiado doloroso soportarlo. Cuando decidió terminar con ello, su repentina decisión de dejar Rhode Island sorprendió a todo el mundo. N siquiera su mejor amiga, Melanie, conocía los planes de Leah de mudarse a Nueva York, cuando aparcó en la entrada de los McCord. Pensó que iban al centro comercial.

—¿Qué está pasando aquí? —preguntó Melanie cuando Leah arrojó dos maletas en el asiento trasero.

—Luego te cuento. Venga, vámonos —masculló, y cerró la puerta del coche con un portazo.

—¿A qué vienen estas prisas, Leah?

—Luego te cuento. Vamos.

Su vecina, la señorita Northup, arrastraba un rastrillo oxidado por su césped seco cuando pasaron por delante. Sus rítmicos movimientos enviaban hojas bajos sus piernas. Envejecida y envuelta en el abrigo negro que empleaba en el funeral de sus amigos, levantó la vista de las hojas y se detuvo para descansar sus arrugadas manos en el rastrillo. Saludó cuando pasaron. Leah devolvió el gesto, consciente de que nunca más sería un alma decadente de aquella calle.

—¿Por qué lloras así?

—No vamos al centro comercial. Mi matrimonio se ha acabado. He abandonado la casa y me voy a Nueva York a convertirme en escritora. Tengo miedo, Melanie.

—¿Qué? ¿Tienes qué?

—No puedo seguir mintiéndome a mí misma. Tengo que hacerlo.

—No sé cómo puedes hacer esto —dijo Melanie, horrorizada por la imprevista marcha de su amiga. Siempre había apoyado a Leah, pero esta dolorosa decisión la desconcertó—. Te arrepentirás. Una madre no abandona a sus hijos y huye intentando crear una carrera —dijo—. Por favor, piénsatelo otra vez. Vamos a comer y hablamos —suplicó Melanie.

—Llévame al aeropuerto. Compórtate como la amiga que necesito y no como una terapeuta.

Entonces Leah le recordó la conversación que Melanie había escuchado entre su suegra y su hermana. Las dos frágiles ancianas se mecían en el porche delantero de Melanie un día de verano, con los pies apenas tocando los tablones de madera.

—¿Recuerdas cuando trabajé como extra en el rodaje de Lo que el viento se llevó? —le preguntó una hermana a la otra.

Su hermana se acordaba.

—¿Y recuerdas que Clarke Gable me pidió ir a comer juntos? También se acordaba de eso.

—Pues verás —dijo con tristeza—, tenía que haber aceptado.

Aquella sencilla historia de Melanie hizo a Leah jurar que nunca se sentaría en una mecedora y diría "Debería hacer aceptado".

—Vaya una vida ha resultado ser —dijo Leah en voz alta, sentada a solas en su apartamento de Nueva York.

Ahora lo tenía todo: una carrera de éxito; unos hijos cariñosos y educados; un ex-marido felizmente casado y con una vida nueva; viajes por todo el mundo; amigos maravillosos; tenía, tenía, tenía. Pero Leah sospechaba que no tenía una cosa.

Carecía del coraje necesario para regresar con confianza a su pasado y acudir a la boda de Dana, sobre todo sin un hombre comprometido a su lado.

CAPÍTULO SIETE

UNO DE LOS PASATIEMPOS FAVORITOS de Leah en Nueva York era tomar el brunch con sus amigas. Era un agradable domingo de mayo y Leah se encontraba de un humor estupendo mientras se preparaba para la ocasión mensual. Justo antes de salir del apartamento, cerró las puertas de la terraza mientras una agradable brisa se filtraba en oleadas a través de los paneles de la ventana.

Por la fuerza de la costumbre y a pesar de llegar tarde, se detuvo en el buzón del portal. Normalmente, ojeaba el contenido y lo devolvía al buzón para recogerlo más tarde. Aquel día, entre las cartas del banco y la publicidad, asomaba una postal de gran tamaño. Era extraño recibir correo personal desde que el correo electrónico había sustituido los mensajes escritos que expresaban el pensamiento y protegían al remitente. La colorida postal mostraba una concurrida plaza medieval con la escena de una batalla. Los jinetes montaban sementales que resoplaban erguidos sobre dos patas. En la distancia, exuberantes pastos rodeaban una iglesia de piedra con un campanario. El corazón de Leah comenzó a latir con rapidez. Sabía quién se lo enviaba.

Hola *Leah,*

Estoy en Italia. Estás presente, porque no puedo olvidarte. Lo que nos sucedió fue cierto y nuestro para siempre. Estoy en contra de la hipocresía y me atrevo a desnudar mis sentimientos porque me encuentro de nuevo en la tierra prometida. Espero que te encuentres bien. Estoy seguro de que es así.

Con amor, Miguel

Leah se quedó paralizada con la postal en la mano. Releyó su mensaje varias veces hasta memorizar cada palabra. Dio la vuelta a la postal. Pasó los dedos sobre el sello. Intentó descifrar la hora y fecha del matasellos. *Sé que me quiere. Sé que no puede permanecer alejado. Yo también le quiero. ¿Por qué no podemos ser adultos? ¿Por qué una tonta postal con un mensaje tan personal? ¿Por qué no me ha llamado? ¿Por qué no me ha invitado a viajar con él?*

Habían pasado siete meses y seguía sin noticias de la historia que escribió para ellos. Siete meses de un inmerecido y desagradable desaire. Ahora Miguel estaba en sus manos a través de una sencilla postal. Una confusa ráfaga de cálida emoción la recorrió. Ella había interpretado su silencio como un deseo por mantener su rutina en Virginia. La había rechazado.

Cuando su corazón finalmente aceptó el rechazo, Leah lo apartó al cajón de los recuerdos de Miguel, rebosante con memorias de España y su número de teléfono unido a ciertos días y momentos en los que llamar. También tenía su dirección, que había copiado de su maleta. Cuando regresó a Nueva York, se descargó Google Earth y buscó su casa. Había una piscina trasera rodeada de acres de bosques. Había un Mercedes en la entrada. Imaginó a Miguel yendo de una habitación a otra.

Susan nunca estaba en esas escenas y tampoco la imaginaba en la cama. Al llevar la caza de su dirección hasta tan lejos, Leah se sintió sórdida, pero se perdonó a sí misma diciéndose que solo estaba siendo curiosa. Casi todos los escritores lo son.

Finalmente, Leah aceptó el paso del tiempo sin Miguel. Era una erosión mental diaria, hasta que su imagen física se desvaneció de su mente. Conocerlo en un avión fue una aventura exquisita pero intentar continuar la dicha española era una locura. De forma que abandonó las fantasías y continuó con su ajetreada vida neoyorquina que incluía finalizar su última novela romántica. La frenética actividad implicaba reuniones interminables con su editor y largas y solitarias noches revisando el manuscrito. También viajó con frecuencia a Rhode Island, donde Dana y ella visitaron salones de boda.

La recepción de la postal de Miguel confirmaba lo que su corazón siempre supo. Él la echaba de menos. Él la amaba. Necesitaba seguir en contacto. ¿Qué podía y qué debía hacer ella? Confundida por la situación, Leah no podía meter la postal de nuevo en el buzón junto a la publicidad y las facturas. Lo que hizo fue introducir la postal en su bolso y colgárselo del hombro con las palabras firmemente agarradas a su corazón. Miguel la acompañaría, en ausencia, el resto del día.

Durante el brunch, no les habló de la postal a sus amigas. Cuando regresó a casa, la dejó en el bolso, desde donde, de vez en cuando, echaba una miradita a sus cariñosas palabras. Pasó el resto del día intentando mantenerse ocupada para no pensar en él. Aunque una asistenta había limpiado el apartamento a conciencia, Leah pasó la aspiradora a todas las alfombras e incluso por los zócalos. Al anochecer, caminó hasta Central Park, a su lugar favorito sobre el estanque. La Rambla consistía en treinta y seis apartados acres, caminos que se cruzaban, un pequeño arroyo y un denso follaje. En el parque vivían unas doscientas especies de aves y muchas de ellas se posaban en las ramas cercanas. Entre sus cantos, Leah se sentó en un banco y observó a los navegantes hundiendo sus remos en el estanque, creando ondas hipnóticas en el agua. La apabullante cuestión de Miguel seguía sobre ella. A la hora de acostarse seguía sin encontrar una respuesta, así que deslizó su postal bajo la almohada.

Por la mañana sus deseos de verle de nuevo superaron su capacidad para ignorar la postal. Permaneció en la cama pensando en el truco barato de Miguel al expresar su deseo por ella. Una ráfaga de furia y dolor aparecieron donde no lo habían hecho el día anterior. Quería un momento de cara o cruz con él, un enfrentamiento. ¿Sería tan ingenuo como para pensar que una postal desde Italia diciéndole cuánto la quería y la echaba de menos iba a borrar su cruel rechazo a su historia de amor? ¿Una historia que él había sugerido y pedido leer? Habían pasado meses sin una llamada.

Su mensaje daba a entender que seguía viviendo con Susan. Basándose en ese razonamiento, Leah lo quería fuera de su vida. Cuanto más pensaba en la mezquina forma en la que había contactado con ella, más se daba cuenta de que sería un juego de niños llamarle a su despacho para decirle que se perdiera. Podría iniciar el enfrentamiento. ¿Por qué no encontrarse con él en el aeropuerto de Nueva York cuando regresara de Italia? Miguel tendría que conectar con algún vuelo nacional hacia Virginia. Pero, ¿qué aeropuerto?; había tres en la ciudad. ¿Qué vuelo? ¿Qué día? Sería imposible encontrarlo en un enorme aeropuerto. ¿Y qué pasaba si Susan había viajado con él?

—¿Estoy loca? ¿Soy una acosadora? —se preguntó a sí misma—. Pues claro que no. Estoy cabreado con él, y mucho.

Uniendo cabos a partir de la fecha de envío de la postal,

calculó que probablemente la enviaría el día que llegó a Italia. Habría pasado a su estado mental europeo y habría pensado en Leah en el avión. ¿Cómo iba a olvidarlo? Su tiempo normal de vacaciones eran dos semanas. Imaginó que volaría de vuelta desde Roma, lugar de origen de la postal. Leah marcó el número de su oficina con este descubrimiento.

—Buenos días —dijo, con su voz más profesional—. ¿Puedo hablar con Miguel Santiago?

—¿Quién le llama, por favor?

—Maryanne Flanders. Me pidió que llamara para concertar una cita.

—Lo siento pero estará fuera hasta el lunes de la próxima semana. ¿Puedo darle algún mensaje?

—No, gracias. Llamaré más adelante.

Bingo. Leah calculó que regresaría a Virginia el sábado y descansaría el domingo. Volaría en la misma aerolínea con la que voló a España. Su vuelo internacional llegaría al aeropuerto de Newark, donde cambiaría a uno nacional. Poco a poco, y con diez días para preparar su plan, se convenció de que lograría encontrarlo. Estaba segura de que habría viajado solo a Italia. Susan no había ido a la tierra prometida con él.

~ ♡ ~

—Me has decepcionado mucho. ¿A qué viene este comportamiento? Pareces desesperada por tener a un hombre —dijo Rocío. Cuando la llamó para pedirle opinión, Leah sabía que oiría palabras duras—. Lo que estás planteando es una locura. ¿Cómo vas a encontrar a este Miguel, que ahora es tu amante imaginario, en el aeropuerto de Newark, entre miles de personas? Ya es lo suficientemente difícil encontrar a alguien que espera ser encontrado. No lo hagas. Por favor. Si lo encuentras quedarás en ridículo —continuó Rocío—. ¿Exactamente cuál es tu propósito con esto?

—¿Mi propósito? Nos amamos y debemos estar juntos. Él no sabe qué hacer con ese amor más que enviarme una postal. Los hombres maduros se vuelven inseguros con las mujeres. Pierden el arrojo, la fuerza y en ocasiones la libido. Lo único que les queda es la ternura. Lo encontraré, le ayudaré a llegar a mí de otra manera.

—Leah, hablas con un sentimentalismo estúpido. ¿No te das cuenta que lo único que le interesa es la conquista? Elige a su presa con cuidado: mujeres de mediana edad, divorciadas, acomodadas, con hijos y en busca de ternura, y después las devora. Infiltra sus mentes frágiles y sus corazones vulnerables con engaños. Eres demasiado lista para este juego. Ten mucho cuidado con este hombre.

—¿Tienes que ser tan directa? —dijo Leah.

—Solo es un amante, ya sea pasado o presente. No te toma en serio. Solo se toma en serio su aventura. En teoría eso a ti ya no te interesa. ¿Por qué no ha dejado a su novia? Piensa en eso cuando organices tus locos pensamientos. Y piensa en otra cosa. ¿Vas en serio con él o solo estás creando material para una nueva novela?

—No puedo contestar a tus astutas preguntas. El tema de la novela también se me ha pasado por la cabeza. Pero le quiero. No puedo dejar de pensar en él. Lo llevo en el corazón. Me excita incluso en mis sueños. Estamos destinados a encontrarnos en el aeropuerto.

—Me parece increíble que pienses así, Leah. Bueno, harás exactamente lo que quieres hacer. De eso estoy segura. Prepárate para que este hombre te destroce el corazón. Si resulta ser tu hombre, me quitaré el sombrero por tu valentía e incansable fe.

Después de todo, quizá te ama. Tú, el vuelo a España, Segovia y el resto de cosas que hicisteis juntos seguro que ha desaparecido de su mente a estas alturas —dijo Rocío con un toque de dulzura en su voz—. Hablemos ahora de temas más realistas. Háblame de la boda. Me gustaría asistir. Nunca he estado en Nueva Inglaterra y me gustaría conocer Rhode Island, el estado más pequeño.

—Los planes ya están en marcha. Dana me invitó a elegir su vestido de novia con ella. Tuvimos un día mágico juntas, pura unión de madre e hija. En el momento que se lo probó, supimos que era el adecuado. Lloré sin parar. Pero ahora estás haciendo que me ponga sentimental. Te dejo. Hablaremos de nuevo y pronto. Estoy segura de que querrás saber si encontré a Miguel en el aeropuerto o si me acobardé y me quedé en casa. Hasta luego.

Un guardia de seguridad del aeropuerto Newark dirigió a una nerviosa Leah hacia el área de llegadas de la Terminal B. Cientos de pasajeros de vuelos internacionales salían por las puertas en un gran caos. La escena se asemejaba a una estampida. Los pasajeros que se dirigían a Nueva York pasaban a la izquierda de Leah. Los pasajeros en tránsito penetraban en un estrecho pasillo de cristal, de camino a otras terminales. Miguel debía estar entre ellos, ya que su vuelo a Virginia salía de la Terminal C.

Leah se situó frente al cristal. La gente se movía con tanta rapidez que resultaba casi imposible realizar la búsqueda. Leah buscó hombres de estatura parecida a la de Miguel. Cuando sus ojos se cansaron, buscó hombres con andares parecidos a los suyos. *¿Oh, Dios mío, qué hago si me ve él a mí primero? Pensará que estoy loca. ¿Qué estoy haciendo en el aeropuerto buscando a un amante? Date la vuelta y vete a casa, idiota. Acaba con este sinsentido antes de que sea demasiado tarde.*

Entonces vio aparecer a un sacerdote, seguido de dos monjas y un adolescente desgarbado que vestía una camiseta de Italia y supo que el vuelo de Roma había llegado. Le invadió un intenso temor; sus manos estaban húmedas y congeladas. *Imagina que el plan funciona. ¿Qué va a pensar él?* No importaba su opinión. Merecía la pena la vergüenza de un enfrentamiento. Se acabaron los hombres aficionados a los rechazos que luego llamaban meses más tarde o enviaban postales.

Sus cansados pies se hincharon dentro de sus zapatos tras dos horas de espera. Ni rastro de Miguel. Hordas de nuevos pasajeros cruzaban las puertas de aduana, convenciendo a Leah de que probablemente Miguel se le había escapado. Descorazonada, sintiéndose como una idiota, incapaz de aceptar su derrota y sin ninguna opción restante, decidió marcharse a casa.

Quedaba poca gente en la larga terminal cuando Leah volvió sobre sus pasos hacia la plataforma exterior, dispuesta a tomar un autobús de vuelta a Manhattan. Se sintió muy sola. Con un zumbido en la cabeza y arrastrando sus sueños rotos tras de sí, observó a un empleado de aerolínea que abría la puerta de una oficina y se encaminaba a la terminal. Esperó a que se acercara, dispuesta a darle una última oportunidad a la búsqueda de Miguel.

—Disculpe —dijo Leah, sorprendiendo a aquel hombre con su desesperación—, ¿podría comprobar si mi amigo ha aterrizado proveniente de Roma? He esperado durante horas en la Terminal B, donde tenía que tomar su vuelo a Virginia, pero no le he visto.

—¿Se trata de un amigo especial? —preguntó él, lo cual a Leah le pareció una respuesta extraña. El hombre era de mediana edad, tenía el pelo gris y rizado y sus gafas de lectura apoyadas en la punta de la nariz. Tenía un aspecto amable.

—Muy, muy especial —contestó ella, enfatizando el

"especial"—. Se suponía que hoy tenía que darle una estupenda sorpresa.

—-Sígame —dijo, y se dirigió a un mostrador cercano.

Leah prácticamente lanzó un grito de alegría en medio de la terminal cuando escribió el nombre de Miguel. ¿No iba esto en contra de las reglas?

—Llega mañana, no hoy —dijo el hombre señalando la pantalla y mirándola.

—¿Mañana? Pensaba que era hoy.

—Vuelva mañana. Solicite un pase en este mostrador. Puede que el representante de la aerolínea le de uno para que pueda pasar a su puerta —continuó el hombre. Ella no respondió y el hombre apagó el ordenador y se marchó.

Durante el viaje en autobús de vuelta a casa, Leah estaba asombrada de haber estado tan cerca de realizar su plan. Pero, ¿debería volver al día siguiente? Todo esto era una tontería. ¿Se estaba convirtiendo en la protagonista de Atracción fatal? En realidad, no. Solo quería volver a ver a Miguel. Conocía la disposición del aeropuerto; el procedimiento de llegadas; dónde situarse; cómo ir de la Terminal B a la Terminal C para su vuelo a Virginia y cómo conseguir un pase de invitada. Lo que había comenzado como una sencilla postal desde Italia se había convertido en un elaborado plan para enfrentarse a él en el aeropuerto de Newark. Se encontraba en un camino predestinado. Pero, ¿sería capaz de realizar la vigilancia en el aeropuerto de nuevo, ahora que sabía que le encontraría?

A la mañana siguiente, Leah subió al autobús del aeropuerto de Newark con inquietud, señal de que se estaba arrepintiendo. Sin embargo, un impulso interno por encontrar a Miguel superaba a su miedo. No podía quedarse en casa sabiendo que volaría por encima de su cabeza, aterrizaría a algunas millas de distancia y se habría ido para siempre. Su plan para encontrarle era factible. Necesitaba estar atenta, ser tenaz y valiente; todo, en grandes cantidades. Si él podía entrar en su vida de forma inesperada con una postal desde Italia, ella podía agitar su vida con una visita sorpresa al aeropuerto.

Un accidente múltiple de tráfico formó un cuello de botella en la autopista. El aire acondicionado del autobús no funcionaba. Gotas de sudor caían entre los pechos de Leah. Quería irse a casa. Mientras el autobús avanzaba lentamente, sus ojos pasaban del lento tráfico a su reloj. Llamó a la aerolínea. Su avión había aterrizado. *Oh, Dios mío, después de tanto planificar y estoy atrapada en un atasco.* Respiró profundamente para calmarse, recordando que se tardaba alrededor de una hora en pasar por la aduana.

Por fin, los exhaustos pasajeros del autobús desembarcaron y penetraron en la Terminal B. Cientos de personas se movían de un lado a otro. Había chóferes esperando, sosteniendo carteles con el nombre de sus pasajeros en grandes letras. ¿Dónde situarse para pasar desapercibida cuando Miguel cruzara el pasillo de cristal? Cerca de la salida descubrió un ancho poste con los lados cóncavos. Encajó su cuerpo en un de los lados y deseó tener unas gafas de sol y un ancho sombrero para disfrazarse un poco. Era el punto perfecto para ver la espalda de los pasajeros de camino a las escaleras. *Me voy a desmayar. Dios mío, ayúdame. ¿Estoy loca? No. Solo soy una mujer de mediana edad loca de amor, con hijos mayores y desesperadamente enamorada de este hombre.*

El reloj de pared cercano señalaba que había pasado una hora. Ni rastro de Miguel. Su corazón se hastiaba una vez más. Pasaban cientos de pasajeros hacia la escalera, pero Miguel no estaba entre ellos. ¿Cómo se acercaría a él? La sorpresa que le había preparado era gigantesca, demasiado como para compartirla con desconocidos. Durante su segunda hora de vigilancia, el número de pasajeros disminuyó y su esperanza también lo hizo.

Entonces, por el rabillo del ojo, vio aparecer la sombra de un hombre solitario que pasaba a varios pies de distancia. Se giró ligeramente para mirarlo mientras se dirigía a la escalera vacía, llevando una maleta con ruedas y una mochila sobre el hombro. Su forma de andar, parecida a un deslizamiento uniforme, resultaba familiar. Los ojos de Leah reconocieron aquella espalda; su mano había recorrido su curva mientras la luz de luna española caía sobre su suave piel. Reconoció ese cuerpo; era el que había adorado tener desnudo a su lado. La chaqueta de cuero era la misma que había llevado en las frescas noches españolas mientras paseaban por calles de adoquín cogidos del brazo. Conocía a aquel hombre. Era Miguel Santiago, el amor de su vida.

Pensó que su corazón palpitaría con fuerza al verle. No lo hizo. Había imaginado que quedaría paralizada. Tampoco sucedió. Se limitó a seguirle con una firme mirada mientras se acercaba a las escaleras. Era su última oportunidad de huir, renunciando a su verdad a cambio de la red de seguridad de la cobardía. La palabra "acosadora" cruzó su mente.

En lugar de cruzar la puerta de la terminal e irse a casa, observó a Miguel subir las escaleras mecánicas y avanzar con su maleta. Cuando llegaba a lo más alto, Leah puso el pie en el primer escalón. Los latidos de su corazón apagaban el resto de sonidos de la terminal. Respiraba con dificultad y estaba confusa. Exhaló un "te quiero", susurrando entre sus labios entreabiertos. Podía haberle llamado, pero prefirió no estropear el encanto. Caminó detrás de él unos cinco segundos, tiempo suficiente para que toda su historia juntos pasara en imágenes por su erótica mente.

Durante la ejecución de su plan, Leah había mantenido muchas conversaciones imaginarias con él. Ninguna acudió a su mente mientras Miguel salía de las escaleras mecánicas y miraba hacia arriba, en busca de la señal del monorraíl a la Terminal C. Segundos después, ella estaba a su lado con la mano apoyada en su brazo.

—A la Terminal C es por aquí, Miguel. Sígueme —dijo, dulcemente.

Miguel bajó la vista y retiró el brazo, confuso por que alguien le tocara. Hasta que reconoció a la mujer a su lado.

—Leah, Leah, Leah —susurró, reculando sorprendido—. Oh, Dios mío, ¿eres tú?

—Sí, soy yo —dijo ella manteniéndose firme y valiente, sin asomo de lágrimas en los ojos. La alegría pura se reflejaba en su rostro. Era una pintura de Vermeer, reflejando el brillo de luz que creaba Miguel en su alma.

—¿Cómo has hecho esto? —dijo, abriendo los brazos y adelantándose para abrazarla con más fuerza de lo que ella imaginó que lo haría—. Aún te quiero, Leah —susurró.

Leah tembló cuando él hundió la cabeza en su cuello. Ella buscó refugio en sus brazos. Habían pasado tres estaciones desde la última vez que se vieron. Sus ojos le decían a Leah que nada había cambiado.

—Bueno —dijo él, con un tono serio, desconcertado ante lo que hacer después—. ¿Nos tomamos un café ahí?

—No, claro que no. Vayamos a tu otra terminal y estemos juntos antes de que continúes hacia Virginia —dijo ella señalando el monorraíl. En realidad ella quería señalar en dirección a Nueva York. Una vez dentro del pequeño compartimiento del tren, Leah pudo sentir su aliento en su rostro.

—Te envié una postal desde Italia, ¿la recibiste?

—Por eso estoy aquí ¿No lo entiendes? Tu postal es la razón de que esté aquí, Miguel.

Leah confesó haber llamado a su oficina, haber unido las pistas asumir el riesgo de encontrarlo y de haber estado en el aeropuerto el día anterior. Dos grandes cojones también habían ayudado.

—Cambia tu vuelo por uno más tarde para que podemos estar juntos un rato. Tenemos que hablar —sugirió Leah mientras bajaban por unas escaleras mecánicas.

—No puedo, perdí mi vuelo ayer. Susan me estará esperando. Si hago más cambios puede sospechar.

Aquellas palabras, desgarradoras como una sentencia de muerte, no eran lo que Leah deseaba. El dolor interno le hizo sentir náuseas. Sin embargo, fingió estar de acuerdo. *Dios mío, rescátame. Soy una idiota por haber hecho esto. Está realmente comprometido con Susan. ¿Cómo puedo salir de esta, ahora que la sorpresa ha pasado? ¿Perdería el avión porque conoció a una mujer en Italia y no quería dejarla? Es capaz de algo así.*

Cuando llegaron a la Terminal C, Miguel la condujo al exterior, donde podían gozar de cierta intimidad, al otro lado de las puertas giratorias. El aire de la tarde era pesado. Leah comenzó a sudar. A su alrededor se cerraban las puertas de los taxis, los pasajeros arrastraban sus maletas con ruedas y las familias entraban en la terminal con sus hijos en carritos.

—¿Por qué me ignoraste cuando escribí nuestra historia y te la envié? Esperé tu llamada —dijo Leah, dejando salir su dolor.

—No sabía qué decir. No podemos ser solo amigos. Lo que nos sucedió fue una historia de amor, no una aventura.

No podía llamarla para hablar de libros, películas o entablar conversaciones triviales. No podía engañar a su novia.

—Me has hecho mucho daño. Fuiste cruel.

Miguel hizo un gesto de dolor.

—¿Y todavía estás con Susan? ¿Por qué?

—Tengo miedo a dejarla. Estoy mayor para este juego. He dejado a muchas mujeres. Empiezo amándolas y luego algo cambia. Después, la siguiente tampoco funciona. Si dejo a Susan estaré condenado al fracaso. Estoy seguro de eso. Es una mujer dulce. Supongo que tampoco está tan mal. Espera que nos casemos el año que viene.

Evitó los ojos de Leah.

En una de las escaleras mecánicas que tomaron aquel día, Miguel besó los labios de Leah con un piquito infantil. Fuera de la terminal y después de haber confesado sus miedos, la rodeó con sus brazos y la abrazó reiteradamente. Si hubieran sido dos amantes adolescentes con las mochilas a sus pies, sus intensos abrazos habrían resultado naturales. Pero aquel no fue un beso típico de aeropuerto; eran adultos de mediana edad con algunas arrugas para demostrarlo.

—Estoy hoy aquí para mostrarte mi verdad. Tienes que vivir solo si me quieres en tu vida. Te quiero, Miguel —dijo Leah, sorprendida por su propia lucidez—. Yo podría trasladar mi trabajo fácilmente a Virginia con una tarjeta de memoria y un ordenador. Podría quedarme durante periodos de una semana, o más. Tú podrías venir a Nueva York de visita. Todo es posible. Podríamos no ser una pareja. Encontraremos otra palabra.

—No estoy prometido —dijo él, pensando en voz alta—. Tampoco estoy casado ni tengo hijos a los que criar. Pero tengo compromisos familiares y un negocio que dirigir. Eres maravillosa y te quiero pero estoy atrapado en Virginia. ¿Cómo podría escapar? —preguntó encogiendo los hombros.

Leah observó algunas lágrimas en sus ojos. Inicios de lágrimas, aún sin madurar. Se sentía emocionalmente incapaz de distinguir sus verdades de sus mentiras; la indecisión de la acción; la actitud infantil, de la adulta. Sabía que era un hombre decente, cálido y cariñoso, no un mujeriego, solo un humano imperfecto que no podía abarcar toda la verdad. Estar frente a él diciendo lo que necesitaba decir era nuevo para ella. Sus sentidas palabras podían destruir a la amante de espíritu libre que había sido durante años. ¿Estaba buscando el compromiso de Miguel? Sí.

El vuelo de Miguel salía en treinta minutos, por lo que decidieron no utilizar el pase de Leah. Se limitaron a despedirse rápidamente cuando Leah lo acompañó al control de seguridad, ambos demasiado impactados para expresar lo que hacer a continuación. Mientras se alejaba, Leah sintió un nivel más alto de autoestima. Su misión estaba completa. Se felicitó a sí misma por haber tenido el coraje de hacerle frente. Además, encontrarlo en un aeropuerto repleto había sido un milagro del amor.

Nubes negras, cargadas de lluvia se arremolinaban en el cielo cuando el autobús a Nueva York arrancó para llevar a Leah a casa. Grandes gotas de lluvia rebotaban en el vehículo como golpes de tambor, recordándole el diluvio en España el día que se separaron. Supuso que quizá Miguel no volaría debido a la tormenta. De vuelta en su apartamento, comprobó su vuelo en el ordenador. Lo habían retrasado hasta las 11 de la noche, muchas horas más tarde. No conocía su número de móvil; aceptó su inevitable marcha. Pero ahora había una especie de ultimátum sobre la mesa.

—¿Qué quieres hacer, Miguel? —preguntó Leah ante su llamada sorpresa.

—Quiero verte. Faltan muchas horas para que salga el vuelo. Tengo tiempo para coger un taxi a la ciudad.

—Ven a mi apartamento. No quiero que nos veamos en un

sitio público, repleto de neoyorquinos y turistas —dijo Leah—. Pero no vengas en taxi, llueve demasiado. Toma el AirTrain y apéate en Penn Station. Te esperaré bajo el cartel de salidas. Iremos en metro hasta mi casa, comeremos algo y haremos el amor de postre. ¿Qué te parece el plan?

—Dios mío, Leah. Me muero de ganas.

Cuando Leah llegó a la estación de tren, cientos de pasajeros atrapados miraban el cartel de salidas. Miguel no se encontraba entre la multitud. Los altavoces anunciaron en el gran vestíbulo que todos los trenes entre el aeropuerto Newark y Nueva York sufrían retrasos debido a un problema eléctrico. *No, no. No puede ser. Estamos destinados a estar juntos esta noche. Por favor, no.*

"He tenido que salir del tren y regresar al aeropuerto", decía su mensaje de texto en el teléfono móvil. "No puedo perder el último avión a Virginia. Lo siento mucho, Leah. Lo he intentado".

—Es maravilloso estar contigo —dijo, atónito aún por su visita sorpresa, cuando respondió a su llamada desde el aeropuerto.

—¿Por qué perdiste tu vuelo el día anterior? ¿Quién es la chica que conociste en Italia y retrasó tu viaje a casa? —preguntó Leah—. Puedes considerarme una bruja buena. Imagino que no pasarías tu última noche solo. Te conozco.

—¿*Chica?* Vamos, por favor. En mi cama no había nadie excepto yo. Perdí el vuelo porque no tuve en cuenta el tráfico de Roma. Debería haberlo hecho. Quizá era un mensaje subliminal. No quería regresar. En Virginia no hay nada a lo que regresar —dijo con resignación—. Verte una sola noche no es suficiente. Quiero siete noches contigo en Nueva York. Quiero que viajemos juntos.

La lista de las cosas que quería que hicieran juntos se encaminó a un mundo clandestino que Leah no quería ni comprendía.

—Hasta la próxima —dijo en español cuando llamaron su

vuelo.

—Te quiero, Miguel. Esperemos que la próxima sea pronto.

A lo largo de los meses siguientes, hablaron a menudo. Miguel le dijo a Leah que se encontraba en su despacho, solo y con los pies sobre la mesa, apretando el auricular contra la oreja para escuchar su voz tan de cerca como fuera posible.

—No vivas con nadie, Leah —dijo en una ocasión.

Ella no tenía intención de hacer tal cosa.

—No quiero que me domestiquen —dijo en otra llamada.

Estaba sucediendo.

—Vivo por encima de mis posibilidades —admitió en otra ocasión.

—Salimos con los mismos amigos una vez al mes —se lamentó, añadiendo que bebía y comía demasiado para compensar el aburrimiento.

—Ah, la tiranía de la monogamia —suspiró un día—. ¿Cómo puedo ser sincero conmigo mismo y al mismo tiempo respetar a la mujer con la que vivo?

—Comienza con la honestidad.

—Nos reímos mucho, ¿verdad? —dijo Miguel—. Tú me entiendes.

Era cierto. Pero él estaba en Virginia diciendo esas palabras y ella no.

CAPÍTULO OCHO

QUEDABA UNA HORA PARA MEDIANOCHE. Leah se encontraba sentada en la estación de tren de Chamartín, en Madrid, esperando para embarcar el Lusitania. Dormiría en el tren y llegaría a Lisboa, Portugal, a la mañana siguiente. Los rápidos movimientos del tablón de salidas acercaban el tren un poco más a su vía asignada, pero no con la suficiente rapidez para ella. Estaba especialmente ansiosa por embarcar. Cansada de esperar sentada, se levantó para caminar por la enorme estación. Aunque no tenía sed, metió un euro en una máquina expendedora, escuchó la botella caer en la bandeja y la metió en su bolso. El mantecoso aroma a cruasanes la arrastró hasta una panadería donde puso otro euro en el mostrador para comprar uno recubierto con un glaseado brillante. Metió la compra en un bolsillo lateral de su maleta. El bollo sería su tentempié antes de acostarse.

Por fin, el tablero anunció el embarque del tren de Lisboa. Leah se apresuró a las escaleras mecánicas que descendían a las vías. Arrastraba dos maletas y se detuvo un momento para colocar la más pequeña sobre la grande. Contenía su portátil y folletos de viaje recopilados durante varias entrevistas en Madrid. Había permanecido seis días en España.

Pero el viaje a Lisboa era muy emotivo para ella. Se encontraría allí con Miguel, que finalizaba en la ciudad su viaje por el campo. Pasarían allí cuatro días y volverían juntos a Estados Unidos. Tras su encuentro en el aeropuerto Newark, habían mantenido muchas conversaciones largas y sensuales que siempre acababan con la expresión del deseo de estar juntos.

—Oh, me encanta hablar contigo —decía él—. Somos espíritus, cariño. No es solo mi atracción sexual hacia ti. Si alguna vez me vuelvo impotente, ¿seguirás hablando conmigo?

—¿Por qué no iba a hacerlo?

—Vaya, no sé por qué he dicho eso. Lo único que sé es que no somos como esos maridos y mujeres o novios y novias que se saturan los unos a los otros a diario.

Cuanto más hablaban por teléfono, sin las distracciones del acto sexual, mejor entendía Leah a Miguel. Su relajante voz decía que la amaba, pero no decía que fuera a dejar a Susan. Leah no le pidió que lo hiciera. Algo se lo impedía. Sus experiencias vitales y las de otras mujeres le decían que los hombres eran reacios a la presión de abandonar a una mujer por otra.

—Su compartimento está en esta sección —dijo la mujer uniformada, con acento portugués, mientras picaba el billete de Leah y señalaba el vagón a su espalda.

El tren dejó escapar un silbido bajo el vagón que sirvió como elevador imaginario para subir a Leah abordo y hasta su estrecho compartimento. Bajo el pequeño colchón se apilaban las sábanas blancas recién planchadas y dos mullidas almohadas descansaban sobre la pared del compartimento. Junto a la cama había un cubículo rodeado con una mampara de cristal. En una esquina bajo la ventana se encontraba el minúsculo lavabo. Leah se aclimataba fácilmente a los nuevos entornos y en seguida creó un hogar para las próximas nueve horas.

Cuando el tren salió de la estación, abrió la pesada cortina marrón que cubría la ventana. Los altos edificios de apartamentos de Madrid pasaron de largo, primero despacio; después se alejaron zumbando cuando el tren aumentó la velocidad. Su reflejo en la ventana permaneció firme. Ahora era años mayor que el reflejo que apareció por primera vez en la ventana del Lusitania cuando viajó para encontrarse con Javier en Lisboa durante uno de sus viajes de negocios. La imagen confirmaba los años de un comportamiento reiterado con los hombres: intervalos románticos de fugaz intimidad frente a un compromiso de por vida y la rutina diaria. ¿No se suponía que esto iba a acabar cuando abandonó a Javier? ¿Era Miguel una versión moderada de él? *Ésta es la última vez que me encuentro con Miguel en cualquier parte mientras siga viviendo con una mujer.* El mismo mantra zumbaba en su cabeza mientras se miraba en la ventana, esperando ver un gesto de asentimiento. Pero no lo vio.

Cuando los paisajes industriales sustituyeron a las vistas de la ciudad, cerró las cortinas plisadas y superpuso los bordes para que no entrara ninguna luz. Durante la noche, el tren cruzaría el campo de Extremadura donde los toros dormían en los campos y los girasoles permanecían cerrados.

Se tumbó en la pequeña cama, donde su cuerpo se sacudía con el movimiento del tren sobre las vías. Su mente revivió su última cena en Madrid con Rocío. Habían cenado en el popular y ruidoso Casa Mingo, un restaurante familiar conocido por su pollo asado, servido desde 1888. Normalmente las hordas de clientes se alineaban en el exterior, pero Leah y su amiga evitaron las aglomeraciones una tarde de domingo. La carta seguía una tradición del norte de España, en la provincia de Asturias, donde el pollo asado se servía con una botella de sidra, queso Cabrales y una ensalada mixta. Leah quería hablar de Miguel con Rocío.

—¿Por qué te vas a ver con él en Lisboa? Se suponía que este escarceo estaba acabado, ¿recuerdas?

—Porque no puedo evitarlo. ¿Recuerdas? Estoy loca por él. Puede que le ame, puede que no. ¿Puedes comprenderme?

—Veo un trastorno de la personalidad en ti, Leah. Eliges hombres con graves problemas personales. Supuestamente tu conducta previa estaba cambiando, o eso me dijiste, cuando te enfrentaste a Javier. Este Miguel está viviendo con una mujer. ¿Has olvidado ese importante hecho?

—Pero no está prometido ni casado, solo viven juntos. Él quiere ser libre, dale tiempo. Está atrapado en unos gastos compartidos, una casa devaluada y problemas de trabajo, ese tipo de cosas. Cuando nos hacemos mayores no es fácil largarse sin más. Además, yo vivo en Nueva york, a cientos de millas de distancia.

—Pero él no está haciendo nada por liberarse aparte de hablar de ello. Ten cuidado amiga mía, creo que te está utilizando gravemente. Es un Casanova. Parece un concepto anticuado, pero sigue estando en uso.

—Ya soy mayor, Rocío. Puedo cuidarme sola. Una vez más con él y se acabó. ¿No irías tú a Lisboa a encontrarte con un amante maravilloso? Venga, dime la verdad.

—Hace mucho que no pienso en amantes. Si lo hiciera, sería en uno que estuviera disponible siempre. Y, por favor, luego no me llames llorando por culpa de Miguel.

~ ♡ ~

Los rápidos golpes en la puerta la despertaron, sobresaltada. El amanecer creaba un perfil alrededor de las cortinas cuando se levantó para lavarse la cara con agua. El tren llegaría a la estación de Santa Apolónia de Lisboa varias horas antes de que Miguel llegara al hotel. Ahora que era una realidad que iba a volver a verle, ¿cómo se sentía? ¿Habría sobrevivido su atracción a la larga ausencia? Y la cama, la innegable prueba de su implicación emocional, era el misterio más grande. ¿Qué sucedería con ellos en Portugal? ¿Y no se había encontrado ella en esa situación antes, huyendo para encontrarse con un hombre para un devaneo romántico en un país extranjero? Sí, pero la esperanza manaba eternamente en ella.

—¿Has estado en Portugal? —preguntó Miguel durante una llamada, cuando ella le dijo que pasaría por el país vecino de España en unos meses.

—Muchas veces.

—¿Quieres que nos veamos en Lisboa? —preguntó con voz entrecortada—. Estaré allí después de mis ocho días en el campo.

Encontrarse de nuevo con Miguel la tentaba enormemente. ¿Podría pasar por aquello de nuevo? No tuvo que considerar la oferta mucho tiempo, porque enseguida él se arrepintió de la invitación.

—No puedo hacerlo —dijo Miguel en la siguiente llamada—. Estoy sufriendo mucho, no puedo soportarlo. Una cosa fue recorrer juntos España tras nuestro encuentro casual en el avión, pero planificar un viaje contigo por anticipado es engañar con alevosía. ¿Cómo podría mirar a Susan sabiendo que he planeado verte? ¿Tú qué ganas con esto, Leah? —preguntó.

—Eso es algo que yo me tengo que preguntar a mí misma, no tú.

—¿Y qué pasará cuando regresemos a casa?

Ella no podía responder a eso.

—Mañana te llamo —dijo Miguel fríamente, concluyendo su conversación.

Sabiendo que no llamaría, Leah borró su número de teléfono,

una vez más. Miguel le generaba una angustia profunda y constante.

Dos semanas después, Miguel le envió el largamente atrasado álbum de fotos de su viaje a España y varios de los libros que le prometió. En su carta confesaba que no tenía el arrojo necesario para planificar un viaje con ella. Solo podían encontrarse por un capricho del destino; aún así, incluyó fechas específicas y la dirección de su hotel en Lisboa. Para endulzar la tentación, dijo que le encantaría verla. Pero si no, conocerla había sido una experiencia extraordinaria.

—¿Por qué me enviaste los detalles de tu estancia en Lisboa? —preguntó Leah cuando le llamó. Tenía el álbum de fotos en el regazo, con su rostro mirándola. Su aspecto se había desvanecido en su memoria y había sido reemplazado por su voz.

—Porque me encanta estar contigo. Me encanta hablar contigo. Adoro hacer el amor contigo. Lo que nos sucedió fue algo auténtico.

—Fue auténtico, sí. Yo también quiero verte. No me gusta la idea de un encuentro clandestino. Pero por ti haré una excepción.

¿Tú qué ganas con esto, Leah? La deliberada pregunta se repetía en su mente mientras hacía las maletas en el mismo apartamento de Madrid en el que hizo lo mismo un año antes para encontrarse con él en Salamanca. Sabía que se amaban el uno al otro. ¿Pero era esto suficiente? Carecían de auténticas experiencias vitales juntos para llevar su amor a un nivel más profundo. ¿Podría reunir las fuerzas necesarias para una nueva cita y después marcharse? Todo un año con este hombre, se reprendió Leah. ¿Era él el cazador o era el cazado?

-¿Yo qué gano con esto? —dijo en voz alta y cerró la maleta con gesto brusco—. Alegría, pura y simple alegría, nada más. Eso es. No tenía sentido darle vueltas a la pregunta. La vida es increíblemente sencilla cuando la gente escucha a su corazón.

Cuando el Lusitania llegó a la estación de Santa Apolónia, una cálida brisa se elevaba desde el cercano río Tajo. Leah detuvo un taxi y entregó al conductor un pequeño mapa impreso en el ordenador. Un círculo rojo marcaba el hotel en una colina del distrito Alfama, donde Miguel había reservado su habitación. Los neumáticos del taxi chirriaban sobre el adoquín mientras ascendía por las sinuosas y estrechas calles, apenas lo suficientemente anchas para que pasaran dos coches. Los edificios, de siglos de antigüedad, estaban decorados con los famosos azulejos portugueses azules y blancos o pintados de blanco con adornos amarillos. Todos tenían tejados de tejas rojas y redondas. Y al igual que en visitas pasadas, inhaló el inconfundible aroma de sardinas frescas asadas en parrillas al aire libre.

La fachada de estuco del pequeño hotel Alfama tenía un color anaranjado. Dos puertas altas y estrechas de madera oscura se abrían a una pequeña recepción con muebles de cuero rojo y mesas de cristal. De las paredes colgaban piezas originales de arte moderno y cuadros de paisajes. Su habitación aún no estaba preparada, de forma que Leah se sentó ante una ventana abierta del vestíbulo, agradecida por contar con conexión inalámbrica. Quedaban horas para la llegada de Miguel, tiempo suficiente para preguntarse si esta corta visita, un año después de la odisea española, podría recuperar aquella felicidad. Ella no lo creía, pero descubrió que la humedad en sus bragas decía lo contrario.

—El apellido es Santiago —dijo el hombre con la suave voz de barítono al recepcionista del hotel, dejando su maleta de cuero en el suelo y mostrando su pasaporte.

Leah no pudo decir su nombre cuando le vio. Lo que hizo fue

acercarse caminando, inhalando su presencia. Su movimiento llamó la atención de Miguel. Pareció contener el aliento cuando una sonrisa de oreja a oreja se desplegó en su hermoso y bronceado rostro al reconocerla. Instintivamente, estiró los brazos y esperó a que ella llenara el hueco.

—Leah, oh mi hermosa Leah, es maravilloso verte —dijo, y la acogió en un intenso abrazo.

—Después —dijo ella apartándose, avergonzada ante la mirada del recepcionista.

Cuando Miguel rellenó el formulario de registro, Leah le observó. Había envejecido. Las líneas alrededor de sus ojos eran más profundas y más cabello gris se rizaba sobre del cuello de su camisa. Quizá ella también parecía mayor.

—Coge mi mano —dijo Miguel mientras el recepcionista los guiaba por una pequeña escalera metálica y a través de un estrecho pasillo. Los rayos de sol se filtraban a través del techo de cristal de un patio.

Cuando el recepcionista se marchó de la habitación, Miguel y Leah contemplaron la espectacular vista de Lisboa. Las seis amplias ventanas abarcaban gran parte de su muralla exterior. A sus pies se extendían lenguas de casas de piedra con varios niveles de sinuosas escaleras de piedra. En la distancia, el puente del 25 de abril se extendía sobre el río Tajo, conectando Lisboa con Almada. El colosal puente colgante daba cabida a una autopista de seis carriles en el nivel superior y a dos vías de tren en el inferior. Deseosos de hacer el amor, pasaron diez segundos hasta que Miguel y Leah se abrazaron febrilmente y se desnudaron el uno al otro.

—Ve despacio, por favor —exhaló Leah cuando él la atrajo hacia sí en su última cama. Cuando Miguel se puso sobre ella, se fusionaron cada uno en los brazos, el cuerpo y el alma del otro.

Después del sexo exquisito, permanecieron en la cama durante varias horas acariciándose los cuerpos; dormitando; besándose; haciendo el amor de nuevo, hasta que estuvieron hambrientos de comida, en lugar de estarlo el uno del otro. Se vistieron, dejaron el hotel y tomaron el tranvía hacia el centro de la ciudad. La primera parada era un restaurante de marisco junto al elevador de Santa Justa. El célebre edificio, similar a la Torre Eiffel, tenía vistas a toda la ciudad, de forma que subieron a lo más alto, donde tomaron una copa de oporto, bebiendo despacio y escuchando a un cantante de fado.

—He comprado vino portugués en el campo, solo para nosotros —dijo Miguel—. Tomemos una copa en la cama. Hablar contigo a mi lado me excita y me apasiona.

—Me apunto.

De vuelta a su habitación de hotel, hablaron de los últimos libros que habían leído; sus carreras; la familia de Leah y sus proyectos literarios. Inesperadamente, Miguel sacó el tema de Susan. Leah no esperaba que ella también formara parte de este viaje.

—Ella espera que nos casemos pronto —dijo Miguel.

—Mira —suspiró Leah, con desesperación; no quería tener que aconsejarle sobre su novia—, probablemente a estas alturas está avergonzada de que no te hayas casado con ella. Te garantizo que dejará de preguntarte cuando la gente deje de preguntarle a ella. Mira, al menos tiene esperanza.

Le dijo que muchas mujeres sufrían miedo al abandono. Permanecían en un mal matrimonio o vivían con el hombre inadecuado porque no podían soportar vivir solas. Los cuentos de hadas de su infancia comenzaban con el príncipe encantado rescatando doncellas afligidas. Las mujeres trasladaban la fantasía hasta la edad adulta.

—Lo siento —dijo él, agachando la cabeza—. No volveré a mencionarla.

A la mañana siguiente, Miguel y Leah pasearon cogidos de la mano por la abrupta y estrecha acera desde su hotel hacia el centro de Lisboa. No podían ser más felices; él con su guía en el bolsillo y Leah con la curiosidad estimulada. Compraron una bolsa de castañas asadas y compartieron un dulce beso. Sobre sus cabezas piaba un canario en una jaula de mimbre. El sonido era un presagio de renovación y paz para Leah. Acompañó sus pasos bajo los naranjos hasta que alcanzaron el pie de la colina.

—Es sencillamente maravilloso pasear de nuevo a tu lado —dijo Miguel.

—¿Piensas alguna vez en hacerlo permanente? preguntó ella, tocando su corazón con la punta de los dedos.

—A veces.

No contaban con demasiado tiempo para descubrir Lisboa, de modo que se concentraron en ver todos los azulejos que pudieron. Las coloridas baldosas pintadas a mano eran el tesoro nacional de Portugal. Adornaban hogares, edificios públicos, palacios, iglesias e incluso estaciones de metro. Desde el siglo quince, los azulejos azules y blancos o multicolores, recreaban el origen artístico del país, desde el Renacimiento hasta el presente. Representaban figuras realistas con sonrisas enigmáticas, batallas grandiosas, cielos cubiertos de nubes, caballos al galope, jarrones rebosantes de flores, campesinos con bigote, abundantes capturas del mar y cualquier fantasía de los fabricantes artesanos.

Miguel y Leah acudieron al Museu Nacional do Azulejo, albergado en un claustro renacentista de la época manuelina. Miguel abrió su guía, se inclinó ligeramente sobre Leah, recorrió el texto con el dedo y leyó la descripción de la creación de azulejos azules y blancos, de setenta y cinco pies de largo. Representaba una

Lisboa con embarcaciones y el palacio real antes del terremoto de 1755. Después, la condujo hasta las losetas amarillas que imitaban alfombras árabes. Su visita finalizó en el café del museo con sus azulejos del siglo dieciocho con escenas de caza, originarios de la cocina de un palacio. A Leah le recordaron su larga relación con Javier. Él era un cazador. La inquietó pensar que había iniciado otra relación imprecisa, esta vez con Miguel. Se suponía que no debía hacer eso. El nuevo propósito en su vida era encontrar un hombre que fuera su compañero de por vida.

—Estás muy callada, Leah. ¿Va todo bien? —preguntó Miguel.

—No, estoy bien. Solo estoy cansada por el paseo, pero estoy bien.

—Toma un bocado. Todavía no he probado un pastel portugués que no me haya gustado. Energía dulce para mi dulce chica —dijo él, y le acercó el tenedor con una porción de pastéis de nata.

—Delicioso —dijo ella, relamiéndose los labios—. Ahora acompáñame a mis vistas favoritas de Portugal. Tenemos que seguir paseando.

Llegaron al Monumento a los descubridores en el distrito de Belém. Un gigantesco mapamundi creado con piedras decorativas lo rodeaba y marcaba las rutas de los navegantes portugueses.

—Me siento identificada con este monumento —dijo Leah admirando la proa tallada con las figuras de los navegantes del país que habían explorado el mundo.

—La civilización necesita exploradores —dijo Miguel—. De lo contrario, nadie se aventuraría a territorio desconocido. ¿Puedes imaginar las condiciones de vida que soportaron y la emoción de llegar a un nuevo destino? ¿Somos unos cobardes, comparados con estos grandes exploradores?

—No creo —dijo Leah—. El espíritu humano es el mismo a lo largo de los siglos. Uno puede aventurarse a lo desconocido lleno de valentía y esperanza, o no. Yo soy una exploradora. De eso estoy segura. Podía haber permanecido en mi pequeña ciudad, llevando a cabo mi vida diaria de desesperación como una improvisada madre soltera. Podría haberme limitado a leer novelas con héroes emocionantes, pero me habrían devorado los celos por no haberme atrevido a ser uno de ellos. O los celos podrían haberme consumido al ver a otros lograr más que yo mientras mis comentarios envidiosos contaminaban su éxito. Pero no lo hice. Asumí un gran riesgo y dejé mis ataduras atrás. Salí a la mar, como esos exploradores. Y, al igual que ellos, los obstáculos me condujeron a realizar mis sueños. Quizá por eso adoro este monumento y siempre lo visito cuando estoy en Lisboa. ¿Qué hay de ti, Miguel? ¿Tomas el camino fácil y esperas a que otros ofrezcan la oportunidad o sales a navegar solo, deseando explorar?

Mientras Leah hablaba, Miguel se subió las gafas de sol sobre la cabeza para poder mirar sus magníficos y translúcidos ojos verdes, que contemplaban el horizonte. La brisa marina alborotaba su cabello, agitándolo adelante y atrás por sus mejillas mientras ella intentaba controlarlo con sus finos dedos. La brisa enredó los pliegues de su larga falda blanca, revelando sutilmente el perfil de sus piernas torneadas. Miguel deseó ser esa brisa, con toda su fuerza, para unir su cuerpo al de Leah. Quería sentir esas piernas envolviéndole. Pero fue la boca de Leah lo que le cautivó. Sus labios aún lucían un ligero toque del pintalabios rojo que se había aplicado por la mañana. Con la mirada fija en el mar, decorado con algunas velas blancas, realizó un suave gesto para seguir la curva de sus labios con la punta de su húmeda lengua. Miguel anheló ser esos labios en ese preciso momento. Conocía la sensación de su lengua y sus caricias firmes y suaves a lo largo de su cuerpo, que se detenían para introducir partes de él en su sensual boca.

En ese preciso instante, con la sencilla belleza de la naturaleza rodeándolo en una cápsula de deseo desmedido, lo único que deseaba era arrodillarse ante ella, enterrar la cabeza en su regazo y rendirse de por vida. Sabía que era el momento para declarar su amor incondicional, pero no lo hizo.

—¿Cuál es tu respuesta, Miguel? —preguntó Leah, devolviendo su lejana mirada a los ojos soñadores de Miguel—. ¿Eres un explorador preparado para navegar conmigo hacia lo desconocido o solo eres un viajero casual con guías de viajes escritas por otros?

—Ahora te pones poética conmigo. Esas son preguntas intensas y profundas. Vámonos —dijo, cogiendo su mano—, tenemos más cosas que ver antes de que se ponga el sol en nuestra Lisboa.

Leah se detuvo antes de tomar su mano. Deseaba una respuesta sentida, pero aceptó que no pudiera alcanzar una verdad sobre ellos o sobre él, al menos no en ese momento perfecto.

—De acuerdo, vamos a ver más cosas. Viajamos bien juntos —dijo ella, mientras se alejaban del Monumento a los descubridores. Supo que parte de sus almas se quedaba sobre su suelo de baldosas, donde otros turistas pasarían por encima.

A última hora de la tarde ascendieron por las colinas de camino a su hotel boutique. Estaban exhaustos y Leah tenía los gemelos cargados hasta el punto del dolor. Su hogar temporal se encontraba en el distrito de Alfama, el corazón histórico de Lisboa. En cada esquina había minúsculas plazas con tiendas y cafés escondidos en los callejones. Leah adoraba contemplar la colada limpia tendida de una alta ventana a la siguiente. La ropa colgaba en un alineamiento perfecto, desde el más pequeño calcetín a la sábana blanca más grande. En lo más alto de su calle se encontraba el castillo de San Jorge. Imaginó a muchas doncellas de siglos pasados ascendiendo por la misma ruta que ella.

De vuelta en la cama por segunda vez en Lisboa, Miguel y Leah se buscaron simultáneamente. Un gato aullaba bajo su ventana mientras las campanas distantes de la Igreja de Santo António de Lisboa repicaban marcando la hora. Irónicamente, el patrón de Lisboa era considerado un casamentero y el protector de las novias. Aunque habían pasado décadas desde la boda de Leah, sintió que podría haber empleado su protección. Ella y Miguel se habían convertido en adictos insaciables al sexo juntos.

Pero aquella tarde comenzaron a perecer como amantes. No podían continuar sin afrontar una verdad más grande sobre su existencia. Vivían a millas de distancia con estilos de vida diferentes y Miguel solo quería a Leah en su tiempo, no en el de ella.

—Estupendo, Leah. Ha sido hermoso —dijo Miguel cuando terminaron de hacer el amor.

—¿Por qué estoy llorando?

—Después del coito, hay tristeza —dijo él, traduciendo una cita del latín—. No estás llorando, sino sollozando.

En su tercer día en Lisboa, la culpa por Susan atenazó a Miguel. Ella seguía en casa, confiando en él. Se volvió taciturno y distante. Su carácter cambió, algo que Leah había visto en España cuando se enfrentó a su verdad interna. Se convirtió en Mike. Al final del día, mientras ascendían la abrupta colina hasta el hotel, Miguel detuvo sus pasos y buscó refugio en una terraza. Pidió una bebida, seguida de otra. Leah bebió Coca-Cola. Podía predecir la confrontación.

—No puedo hacer esto de nuevo. No puedo verte en ningún sitio. No puedo hacerle esto a Susan. Deberías estar con alguien que viva en Nueva York. Un hombre con dinero, alguien con hijos. Podríais viajar juntos.

—Tu culpa no tiene nada que ver con que yo encuentre a otra persona —dijo ella—. Eso es una conclusión estúpida. Se trata de vivir una vida de engaños y mentiras. Yo no soy la mentirosa, tú te mientes a ti mismo —dijo, deseando levantarse de la silla y gritar a las hermosas vistas bajo sus pies.

Qué tonta soy. Rocío tiene razón. Es un Casanova embaucador a punto de dejarme.

—Querías saber lo que lo pasaría cuando regresáramos a Estados Unidos. ¿Lo recuerdas? —dijo Leah.

No iba a admitir que había sido una tonta monumental o que la había usado otra vez. Miguel se adelantó en su asiento, anticipando su respuesta.

—Nada. No planeo hacer nada cuando regrese. Tendrás que decidirlo sin mí.

Miguel dio un trago a su bebida y se limitó a observar a la gente.

—Sabes, estoy contenta de que nos vayamos de Lisboa mañana —dijo ella sin quitarle la vista de encima—. Estoy segura de que viviendo contigo te conviertes en un auténtico cabrón cuando las cosas no van como tú quieres. Utilizas tus dos personalidades como Miguel y Mike para ajustarte al escenario.

—Déjame en paz, Leah. No puedo estar contigo y tampoco puedo estar sin ti. ¿No te das cuenta? Te llevo en el corazón. No importa lo que piense, lo que haga o lo que me diga a mí mismo, siempre estás ahí.

—Esto no trata solo sobre ti. ¿Cómo crees que me siento aquí en esta gloriosa ciudad, contigo enfadado porque de pronto te sacude que estás engañando a Susan? Deberías haber pensado en eso cuando me pediste que te acompañara.

—Por casualidad, ¿no habrás traído Elegía, la novela de Philip Roth? Quiero que leas algunos pasajes para que comprendas cómo me atormenta engañarla —dijo él cuando regresaron a la habitación de su hotel.

Ella había traído el libro que Miguel le envió y se lo entregó. Mientras buscaba el pasaje, Leah se sentó en la cama, medio vestida, con la espalda apoyada en la cabecera. Se sentó junto a una pequeña mesa y tomó el libro entre las manos, como un sacerdote a punto de dar un sermón. Se recostó en la silla, estiró las piernas y suspiró profundamente antes de leer la primera palabra. Leah estiró las sábanas sobre sus rodillas y le miró.

El protagonista, un hombre de más de cincuenta años, había sido descubierto por su amada esposa en su última aventura. Se sentía humillada. Ella le neutralizó con elocuencia con sus palabras, diciéndole que mentir era su forma barata y despreciable de controlarla. Él había sido testigo de su humillación autoimpuesta, provocada por la información incompleta que él le proporcionó durante sus aventuras, que siempre negó.

Cuando Miguel leyó el poderoso diálogo entre la pareja, se detuvo en ciertas palabras para mirar a Leah y hacer un gesto de dolor. Estaba sufriendo. Era un hombre soltero que había cometido una horrible traición, no solo con Leah, sino debido a ella. Era un hombre atrapado en el dilema sobre cómo conseguir ser sincero consigo mismo. Por un instante, Leah se aisló de su voz, agradecida de ser una mujer honesta, soltera y libre.

—No tengo ningún equipaje a estas alturas de mi vida —le había dicho durante su desagradable conversación en la terraza—. Ya está todo guardado. No miento sobre quién o qué soy.

Añadió que lo único que se necesitaba para vivir la verdad,

era coraje.

Cuando Miguel hizo una pausa para pasar la página y seguir con la conversación de la pareja, Leah echaba humo.

—¡Basta! No leas más —bufó Leah, y soltó un grito—. Entona tu mea culpa en tu casa. Súbete a una silla frente a Susan y confiesa. No lo hagas frente a mí. Cuéntale que nos conocimos en un avión a España el año pasado y que huimos como amantes. Cuéntale que me has estado llamando desde entonces. ¡Cuéntale eso! Y asegúrate de añadir cómo nos imaginaste juntos en Lisboa y asegúrate de describir nuestro sexo —dijo, furiosa—. ¿Cómo te atreves a emprender un viaje lleno de culpa junto a mí? Cabrón. Hazlo solo o hazlo en tu casa.

Después de lo que había ocurrido en su cama, lo que habían experimentado juntos y lo que se habían dicho a lo largo del año, ¿cómo podía pensar que quería oír lo que le acababa de leer? Su garganta se tensó. Sintió las lágrimas acumulándose, pero evitó llorar frente a él

—¿Querías saber lo que ganaba yo? Alegría. Esto es un regalo de la vida, Miguel, saboréalo.

Salió de la cama y se acercó a él, medio desnuda. Empujó el cuerpo de Miguel contra la silla. Cogió el libro y lo lanzó al otro lado de la habitación, donde aterrizó sobre el alféizar de la ventana. Un fuerte viento rizó las páginas y lanzó el libro a la calle. Miguel estaba paralizado por el miedo.

—Vete de esta habitación. Vuelve a esa terraza, tómate unas copas y déjame en paz —dijo Leah señalando la puerta.

Él se levantó con rapidez, cogió su cartera y se fue. Pasaron horas hasta que Leah escuchó la llave en la cerradura. Miguel entró de puntillas en la habitación. Leah encendió la luz.

—Lo siento mucho —dijo Miguel—. Nos vamos mañana, no quiero que esta noche estropee nuestro viaje. Por favor, levántate. Hablemos. Te quiero pero no sé qué hacer. Sé que siempre digo lo mismo. Soy un cobarde.

—Sí, lo eres —dijo ella, uniéndose a él en la pequeña mesa. Miguel sirvió dos copas de vino. Su tono volvió a ser cordial.

—¿Por qué sigues con Susan? —Leah sabía que era una pregunta muy directa.

—¿Qué podría decirle para dejarla? ¿Me he aburrido y quiero vivir solo? He cometido un error, no sirvo para vivir en pareja. Hay mucha gente implicada en nuestra decisión de vivir juntos.

—Son palabras que te pertenecen, es tu vida. Quizá podrías hablarle de mí. ¿Qué te parece eso?

—Tres veces he estado a punto de hacerlo, pero no lo hice. La destrozaría. Ella adora nuestro hogar. Me adora a mí.

—¿Pero no lo suficiente? No importa lo mucho que te ame una mujer, nunca es suficiente, ¿verdad Miguel? —dijo Leah alargando el brazo para apagar la lámpara de la mesa. Era incapaz de suavizar el significado de las palabras de Miguel o la exasperación de su propio corazón. Cuando la luna desapareció tras las nubes, permanecieron sentados en las sombras. La metáfora era perfecta.

No hicieron el amor cuando se acostaron en la cama. Leah sintió que junto a ella yacía un animal muerto en la carretera. Por la mañana sintió su abandono. Normalmente iban de la mano, pero a lo largo del día Miguel rechazó la suya varias veces. Durante una conversación, Leah comparó cómo afrontaban sus vidas y su relación sexual.

—Puedo llegar a intimar con rapidez —dijo—. Pero no puedo comprometerme. Me da la sensación de que tú puedes comprometerte rápido pero no puedes llegar a intimar.

—¿Qué significa intimar? -preguntó Miguel.

~ ♡ ~

El día de la despedida embarcaron en su vuelo a Estados Unidos y eran los únicos ocupantes de una fila de cuatro asientos. Leah sabía que Miguel quería que se sentara a su lado y lo hizo. Después de todo, lo que mejor sabían hacer era ser compañeros de asiento. Miguel sonrió cuando Leah se abrochó el cinturón, recordando su particular juego. Si el cinturón encajaba, asumía que el pasajero anterior era de su talla. No le gustaba si tenía que abrirlo. Si tenía que estrecharlo, se sentía esbelta, sin serlo. Una vez en el aire, Miguel se acomodó para leer y Leah cerró los ojos para recordar su momento en la cama de Lisboa la noche anterior. Los brazos de Miguel permanecieron bajo la almohada y el rostro ligeramente escondido.

—No me invites a Nueva York a no ser que esté viviendo solo —dijo con voz apagada.

—No lo haré.

A mitad de camino sobre el océano Atlántico, Miguel esperó a que Leah cerrara su libro antes de hablar.

—Encontraré un modo de ir a Nueva York en unos meses. Iré a una escuela de idiomas o algo por el estilo —dijo con suave complicidad.

Ella le miró con ojos entrecerrados y confusos. Se preparó mentalmente para varias respuestas: olvídalo, o controla tu vida, o quédate en casa con Susan.

—Tú nombre está por todo Nueva York. Claro que puedes venir a verme —dijo, prometiéndose no convertirse en una víctima de su banalidad. Ya se desharía de él más tarde. ¿Por qué arruinar un buen vuelo a casa con una discusión?

~♡~

Era un día dorado de otoño cuando el aeropuerto de Newark se acercaba por la ventana. Leah no sintió tristeza cuando aterrizaron. Quería irse a casa. Quería estar sola. Quería regresar a su equilibrio. Obviamente, había perdido el control en el momento en que Miguel apareció.

—Bueno, hasta aquí hemos llegado —dijo Miguel con resignación cuando se abrazaban y se besaban ante el cordón divisorio.

—Sí, hasta aquí hemos llegado —repitió Leah cuando se apartó de su beso. Encogió los hombros, se dio la vuelta y se dirigió a la parada de autobús. A unos pasos de distancia, casi como si le hubieran lanzado un lazo, su cabeza se giró para mirar a Miguel por última vez. Miguel caminaba lentamente, arrastrando su equipaje mientras otros pasajeros le adelantaban con prisas. Su rostro exhibía una expresión de dolor cuando sus ojos se encontraron.

—Te quiero —pronunció, articulando lentamente para que Leah comprendiera cada palabra no dicha.

—Yo también te quiero —articuló ella también y continuó su camino.

CAPÍTULO NUEVE

JUSTO ANTES DE NAVIDAD, Leah y su amiga Maggie planificaron una cena juntas. Los restaurantes estaban demasiado llenos, de forma que se decidieron por la casa de Leah. Aquella noche, las innumerables ventanas de los apartamentos cercanos brillaban con las luces navideñas, al igual que un distante rascacielos cuya torre superior iba cambiando de color. Maggie, de mediana edad y soltera, era una actriz de éxito y una persona muy divertida. Sus historias siempre contenían un toque teatral y estaban llenas de líneas cómicas perfectamente insertadas.

—Hice el amor la otra noche —dijo, guiñándole el ojo a Leah.

—Bueno, tienes suerte. ¿Con quién?

—Nadie especial, un viejo amigo. El plan era cenar en mi casa para charlar. Acabamos en la cama antes de que se marchara a casa. Nada del otro mundo. Al menos mis piernas pudieron abrirse de nuevo —dijo, soltando una carcajada. Maggie había sufrido dos transplantes de cadera y antes de la operación le preocupaba enormemente saber si podría hacer el amor de nuevo.

—¿Se abrieron? Desde luego, nada supera a un buen revolcón en el pajar. Lo tomas o lo dejas, cariño.

—¿Y qué hay del tal Miguel? Por cierto, por fin acabé de leer "El rapto de Miguel". Una historia estupenda. Siento haber tardado tanto, pero he estado ensayando para dos espectáculos seguidos. Eso significa que tengo que memorizar tres páginas de guión al día. No hay tiempo para leer nada más. ¿Sigues viéndole?

Leah la corrigió. Ella no estaba viendo a Miguel de manera formal, tan solo habían tenido un encuentro de cuatro días en Portugal varios meses atrás. Ella había decidido que su relación no podía continuar.

—Tiene que seguir adelante con Susan a su lado —dijo. Pero no quería estropear una noche de fiesta con una historia triste—. Olvidemos a Miguel. *Mangia*. He preparado un *filet mignon* divino.

Descorcharon el vino tinto. Una vela navideña con forma de reno titilaba en la mesa. Las mujeres se pasaron las patatas asadas rellenas. Leah alcanzaba las cebollas caramelizadas cuando sonó el teléfono. Se disculpó para ausentarse de la mesa y comprobar la identidad de la persona que llamaba. Si se trataba de su agente, tendría que cogerlo. El nombre de Miguel iluminaba la pantalla. Señaló el teléfono en su mano.

—Oye, Maggie, es Miguel. No suele llamar tan tarde, ¿lo cojo?

—Contesta. Os escucharé con disimulo.

—Miguel, ¿cómo estás? —dijo Leah alegremente.

Su respuesta fue un profundo suspiro.

—¿Miguel?

En esta ocasión su voz apenas pudo pronunciar su nombre.

Su silenció continuó. El corazón de Leah latía con fuerza. Algo iba muy mal.

—Tengo cáncer de próstata. Probablemente se encuentra en una fase temprana, según las pruebas preliminares —dijo al fin.

¡Cáncer de próstata! ¿Qué iba a hacer ahora? ¿Quedarse con Susan? Casarse con ella por fin. Volver a ser un hombre sin sueños y con una vida vivida a medias. Antes de las impactantes noticias, Leah había deseado que él quisiera empezar de nuevo; una vez más. Ahora todo cambiaría.

—Oh, Dios mío, Miguel. Qué noticias tan horribles. Pero he oído que los nuevos tratamientos son muy buenos. Mi corazón está contigo.

Leah miró a Maggie que estaba pegada a su asiento, escuchando con atención la conversación de tono sombrío. Leah señaló su ingle y articuló la palabra "cáncer". Maggie articuló "guau".

—Tengo que sentarme cuanto antes y tomar una decisión respecto a Susan —le había dicho Miguel a Leah durante una llamada previa a aquel diagnóstico, añadiendo que no podía continuar con las mentiras. Amaba a Leah. No podía imaginarse a sí mismo viviendo con otra mujer nunca más. Viviría solo el resto de su vida, deseando que ella aceptara esa situación. Pero con esta llamada, Leah sabía que sus problemas de salud podrían cambiar radicalmente cualquier futuro que Miguel hubiera imaginado. La resistencia necesaria para vivir solo, afrontar el cáncer y su posible impotencia, sería complicada.

—¿Puedo verte en Nueva York el mes que viene? —preguntó, de modo casi patético. Era el dulce y tierno Miguel. Mike la había abandonado en Lisboa.

—No lo creo. Siento ser tan cruel pero, ¿yo qué gano con esto?

—Pero necesito verte, por favor. Puedo quedarme en un hotel, no en tu casa. Visitaremos museos. Podemos explorar el barrio. ¿No podemos ser amigos? —preguntó, sonando como un chiquillo—. No hace falta que tengamos sexo.

—Claro que podemos ser amigos. Pero, ¿cómo podemos estar juntos sin acostarnos? Me perjudica psicológicamente estar implicada a nivel sexual contigo, sigues con Susan. Pero puedes venir a Nueva York. Millones de veces al año, si quieres. Pero no me busques. Ya hablaremos más tarde, estoy cenando con una amiga. Te llamaré después de las vacaciones.

Se despidieron dulcemente y colgaron.

—Menuda llamada —dijo Maggie—. ¿Qué vas a hacer?

—¿Por qué iba a verle? Ahora está enfermo y corre en mi búsqueda. ¿Para qué? ¿Para irnos a la cama juntos otra vez? ¿Tú sabes cómo me quedo cuando se marcha? Ya no soy tan fuerte.

—Quizá piense que se encuentra a las puertas de la muerte. Es su último triunfo. Tú simbolizas todo lo que tiene que ver con amor y con sexo. Deberías verle, Leah, las mujeres mayores como nosotras no deberíamos ser tan restrictivas en la forma en que amamos a un hombre o viceversa. No hay que preocuparse de criar niños. El matrimonio tampoco es importante. Tocar y ser tocado, eso es lo único importante.

—Pero he terminado con las aventuras clandestinas. ¿Por qué se ha cruzado en mi destino? Esa situación implica un futuro pésimo. Quiero un hombre estable. Alguien que me acompañe a la boda de Dana. No debería ser tan difícil.

—Dale tiempo a Miguel —dijo Maggie—. Obviamente quiere acabar con su relación con Susan pero está demasiado implicado. Ahora el cáncer de próstata ha asomado su horrible cabeza. Anímate, Leah. Debes verle. Incluso en una aventura, estas cosas son en la salud y en la enfermedad.

Leah pensó en el consejo de Maggie durante varias semanas, transigiendo finalmente ante su preocupación respecto a la salud de Miguel. Le invitó a quedarse con ella en Nueva York. Resultaba extraño haberle dicho que no fuera y ahora ofrecerle un hogar y una cama. Pero su rendición era incondicional. Le dijo que todo le parecía bien.

—Todo esto es muy raro. ¿Qué estás haciendo aquí en persona? —dijo Leah.

Ella habló primero cuando estuvieron los dos sentados en su sofá varias semanas después. Hasta entonces solo había existido en su recuerdo y en sus páginas escritas.

—Estuve a punto de cancelar el viaje —dijo él, nervioso.

Pero ya se había quitado los mocasines y apoyaba los pies en su gran escabel brocado. Mientras se relajaban, el ambiente de la habitación se avivaba con su excitación mutua.

—Es maravilloso estar contigo otra vez, Leah —dijo él—. Ahora podemos decir que nos conocemos desde hace mucho tiempo.

Sus palabras tenían una cualidad mística.

—¿Me permites llevarte a la cama? —preguntó Miguel.

—Sí.

Al principio Leah se sintió incómoda mientras Miguel se desnudaba y acariciaba su cuerpo en medio de su salón. Pero después, mientras acariciaba su pecho, ella le desnudó a él. Se abrazaron desnudos hasta que su propia pasión no les permitió seguir de pie. Miguel condujo a Leah al dormitorio. Tiró de las sábanas e hizo un gesto para que ella se deslizara a su lado. Ella lo hizo. Una cosa era tener un sexo exquisito en habitaciones de hotel y otra era que sus sueños se materializaran en su hogar. A pesar del placer, el dolor por su inevitable marcha de su hogar y su cama, hizo acto de presencia.

Llegó la mañana y una realidad se filtró en el terreno de Leah. Ahora se encontraban en la zona horaria de Nueva York, no en los días de turistas despreocupados en España o Portugal. No podía continuar con la farsa. Si no forzaba un cambio, él seguiría en la cama de Susan llamándola desde su despacho. Volverían a planear un viaje que acabaría con Leah entre lágrimas. Era el momento, de nuevo, de acabar con una aventura malograda y estúpida.

Mientras se relajaban en la cama, respirando sus fragancias mutuas, Leah se preparó para lo inevitable.

—Muy bien, Miguel, prepárate. Necesito una respuesta sólida. ¿Qué pasa con Susan? No puedo seguir con esto si vives con ella.

—Estoy muy aburrido. Es una persona maravillosa, pero estoy muy aburrido de ella —repitió, con una mueca—. Pero no sé si puedo soportar otra ruptura —admitió. Su pecho se vació con una sonora exhalación—. Voy a recibir un tratamiento experimental para el cáncer en unas semanas. Obviamente, no puedo dejarla ahora. He conseguido dejar atrás el mito del amor eterno. No tengo lo necesario para estar en una relación íntima y comprometida. Me duele admitirlo, pero lo cierto es que me resulta más sencillo decir que vivir mis mentiras con las mujeres.

—Bueno, al menos es una respuesta. No es la que esperaba, pero tu camino resulta evidente. Deseo que te vaya bien con tu salud, Miguel, pero no podemos seguir juntos. Aquí hay amor, pero no el suficiente por tu parte para conservarme.

¿Cómo he podido ser tan estúpida para aguantar tanto? Rocío tenía razón.

Leah estaba desolada. Se suponía que Miguel debía haber sido un regalo en España, un placer delicioso e inesperado, no alguien que se colara en su hogar en Estados Unidos. Ella quería que complementara su vida; públicamente. Llegó a la conclusión de que Miguel quería liberarse de su vida pública. Pero no podía escapar. *Atado*, lo llamaban en España. Al principio estuvo atrapado por su propio criterio y ahora por el problema definitivo, su salud.

Antes de que pudiera decir nada más, el móvil de Miguel sonó, como misiles dirigidos a sus oídos. Él se levantó de la cama y buscó el teléfono. Miró el número y después a Leah. Sabían que era Susan. No contestó. Dejó que la llamada se desviara al buzón de voz.

—Vale, vale —dijo Miguel, irritado—. No te llamaré hasta que viva solo.

—Buena idea. Siento que esto termine así, pero no puedo más.

—Me voy a un hotel, no te molesto más —dijo. Se vistió rápidamente y se marchó.

Al día siguiente Leah entró en Internet y compró un billete de tren a Rhode Island. Los planes de boda de Dana seguían requiriendo atención. Mientras se duchaba, Miguel llamó y dejó un mensaje desgarrador. El de un hombre llorando una pérdida.

—Todo esto es una chiquillada. No puedo creer que estés tan enamorada que no podamos ser amigos. Llámame si quieres que lo hablemos, por favor.

Leah repitió el mensaje varias veces. ¿Qué hacer? Ya no estaba segura de estar enamorada. Ahora sufría intensamente. Su tren a Providence salía en una hora. Pero su compasión por Miguel y la agitación en su vida se impusieron a la razón. Marcó su número.

—Sufro cuando no nos llevamos bien. Sin ti me siento perdido —dijo cuando se encontraron en una esquina—. Demos un paseo.

Quizá fuera el familiar unísono de sus pasos lo que la empujó a cogerle del brazo mientras paseaban por una calle de Nueva York. Cuando Miguel acercó su codo y el pecho de Leah se frotó contra su brazo, un sentimiento erótico la invadió con la misma naturalidad con la que podía decir su nombre. Y cuando su mano libre señaló un punto en el aire, el tono de la tarde se suavizó más que nunca. Aquel gesto era similar a las caricias de sus manos en sus mejillas cada vez que se encontraban. Al contrario que sus previas rutas emocionales, este viaje no estaba marcado. Miguel llevó el peso de la conversación aquel día. Ella midió sus palabras.

Avanzaron por la acera manteniendo la cadencia de sus zancadas. Leah quiso caminar hacia atrás en el tiempo, a pesar de las minas terrestres que podía encontrar. Odiaba verse arrastrada a otro comienzo potencial con él, creado por su imaginación. Podía soportar lo que le sucedía con él: las mentiras, el éxtasis, las turbulencias, las colosales alegrías y el doloroso rechazo. Ese guión había sido escrito con una pluma que goteaba lágrimas y brillaba con euforia.

Se encontró contemplando mirando el dobladillo de los pantalones de Miguel. Después su mirada se dirigió a sus muslos. Sus pantalones guardaban su esencia, la esencia que ella anhelaba. Los recuerdos de España y Portugal la invadieron con imágenes vivas de sus piernas envolviendo las de él, creando un fogonazo de plenitud en ella.

—Hagamos algo diferente. Nada de museos hoy. ¿Qué te parece si cruzamos en puente de Brooklyn hasta Lower Manhattan? —preguntó Leah, vacilante.

—¿En marzo? ¿No crees que hace un poco de frío para eso?

—Vamos —insistió—. El camino es increíble y tiene unas vistas maravillosas de la ciudad. Cogeré tu mano y te calentaré. ¿Preparado?

—Esto es lo que adoro de ti, Leah. Tu espontaneidad es contagiosa. Vamos.

Tomaron el metro, se apearon en la primera parada en

Brooklyn y llegaron al puente en cuestión de minutos. El camino para peatones de tablas de madera se extendía sobre el río East y sobre la carretera. Con su primer paso, Leah era Dorothy iniciando el camino de ladrillos amarillos con su león cobarde. Un viento fresco levantó las solapas de sus chaquetas, que se movieron rítmicamente. Leah entrelazó el brazo de Miguel y se abrazó a él mientras caminaban.

—¿Estabas aquí durante el 11-S? —preguntó Miguel señalando al lugar donde una vez estuvieron los edificios del World Trade Center.

—No. Estaba documentándome para un artículo de viaje en Sudamérica. Los neoyorquinos no nos hemos recuperado del todo. Solo nos hemos levantado y hemos arrimado el hombro. Nada detiene nuestro espíritu. Además tenemos el proyecto Narciso con sus esperanzas y su renovación.

—¿Y eso qué es?

—Después del 11-S un generoso proveedor holandés aportó a la ciudad millones de bulbos de narciso. Se plantaron en parques, patios de recreo, escuelas, jardines comunitarios y espacios verdes. La primavera siguiente sus brillantes flores amarillas se abrieron en todas partes, calentando el corazón de los neoyorquinos y los visitantes con el símbolo de la esperanza.

—Eso es hermoso, Leah. Admiro la tenacidad y la fuerza. Los neoyorquinos tienen de las dos y tú eres uno de los mejores ejemplos de la ciudad.

No estaban solos en el puente; decenas de personas se movían en ambas direcciones. Algunos iban en bicicleta; otros caminaban y otros corrían tan rápido que Leah y Miguel podían escuchar su fuerte respiración. En medio del puente, ella tocó su brazo para que mirara el trasatlántico que pasaba bajo ellos tocando la bocina.

—¿Alguna vez has estado en un crucero? —preguntó Leah.

—Una vez. Susan y yo con unos amigos. Los cruceros son para recién casados o los que se acercan a la muerte. Yo prefiero mis viajes a Europa.

Mientras el barco avanzaba por el río, Leah se giró hacia Miguel y le besó. La lengua de Miguel se movió cuidadosamente en su boca antes de despegarse y enterrar la cabeza en su cuello, donde Leah sintió la calidez de su aliento.

—Baila conmigo —dijo ella.

—¿Aquí?

—Aquí.

—Estás deliciosamente loca, Leah. Bailaría contigo en medio del puente de Brooklyn porque lo hago con todo el mundo, pero hoy no hay música.

—Yo cantaré para ti —dijo ella haciendo una reverencia.

Su alegría era contagiosa y Miguel le devolvió el saludo. Abrió los brazos y le hizo un gesto a Leah para que se acercara. Puso una mano en su espalda, estiró la otra y la acercó contra su cuerpo.

—Que empiece la música —dijo él, guiñando un ojo.

Mientras bailaban, Leah cantaba "Bésame mucho" y un pequeño grupo de transeúntes contempló a los amantes, ajenos a su audiencia. Cuando Leah finalizó su serenata y Miguel rozó sus labios con un beso, la multitud estalló en un espontáneo aplauso.

—Bravo —dijo un hombre mayor que se había detenido a mirar—. Larga vida al romance. Da gusto veros.

Leah y Miguel saludaron, rieron como adolescentes y finalizaron su paseo por el puente penetrando en Chinatown para una cena rápida.

—¿Qué pasaría si dejo a Susan y comienzo una relación contigo? —preguntó Miguel en la mesa.

—Mi respuesta nunca flaqueará —dijo ella—. Vivirías en Virginia; solo. Yo iría a verte fines de semana largos, o quizá periodos más largos. Tú me verías en Nueva York. Quizá podríamos viajar juntos o solos. Tendríamos una relación abierta; una amistad erótica; la envidia de todos. Quizá podríamos vivir en apartamentos separados en la misma ciudad. ¿Quién sabe?

Miguel asentía mientras ella hablaba, pero permaneció en silencio.

Cuando dejaron el restaurante caminaron por Canal Street hacia la estación de metro. Pero antes de bajar las escaleras, él la detuvo para recordar a su difunta madre, una mujer a la que adoraba.

—Cuando estaba muriendo, le prometí a mi madre que haría las tres cosas que me había pedido en la vida —dijo, lleno de nostalgia.

—¿Y cuáles son?

—Caminar, leer y amar, pero la parte del amor me resulta confusa.

—Ya veo. Tienes que seguir trabajando en ello. ¿Recuerdas que hablamos de ello en Salamanca? El resultado es encontrar, aceptar y amar finalmente a una mujer, no a una multitud de ellas.

~ ♡ ~

De vuelta en su apartamento, la conversación recorrió desde la cultura pop a sus lugares favoritos, acontecimientos mundiales y sus vidas diarias, hasta que un placentero silencio llenó la habitación mientras ordenaban sus pensamientos.

—Los momentos tranquilos como éste suceden cuando pasa un ángel —le dijo a Miguel—. Es increíble. Una habitación sin música ni distracciones. Tan solo nosotros dos en pacífica armonía. La pequeña luz tras la cabeza de Miguel creaba la silueta perfecta del héroe.

—Nosotros somos la música —dijo él, estirándose en el sofá.

Leah estaba sentada frente a él al estilo indio, esperando que continuaran con su charla. Quería volver a hablar de los motivos por los que seguía con Susan. Respecto a ese tema, era como un pit bull que nunca soltaba su presa. Quizá algo en su conversación indicaría que estaba listo para dejarla.

Miguel puso su copa de vio en el suelo y miró a Leah un buen rato, pero su primer impulso fue reclinarse en la esquina del sofá. Leah estaba hipnotizada, convertida de nuevo en su obediente heroína, aterrorizada por volver a aquel planeta mágico con él. No podía hacerse eso a sí misma.

—Bésame, Leah —dijo, él, buscándola.

—Quiero que hablemos de Susan, no quiero tus besos.

—Bésame, por favor —repitió, posando suavemente la mano en su pecho mientras se acercaba a ella—. ¿Por qué dices esas cosas? Ya sabes lo que significas para mí. Nunca ha habido en mi vida nadie como tú. Se inclinó entre las piernas abiertas de Leah.

—Te deseo tanto —dijo.

Y como tantas veces antes, los cuerpos de Miguel y Leah se movieron al unísono. Por propia iniciativa, Leah se deslizó por el sofá y se bajó los pantalones. Él se levantó para desabrocharse el cinturón, sacando una pierna de los pantalones y después la otra. Cuando Miguel, desnudo, se unió a ella en el sofá, Leah supo que nunca la dejaría, ni ese día ni ningún otro.

—Susurrarás mi nombre en tu lecho de muerte —le dijo.

—Necesito poseerte ahora —dijo él.

A lo largo de los meses de sexo juntos, habían perfeccionado un ritmo propio. Aquel día entre los cojines del sofá no fue una excepción. Una dulce sonrisa cruzó el rostro de Miguel cuando los interiores de Leah se enardecieron, comprimiéndose alrededor de su erección. La transpiración se acumulaba entre sus pechos. Su nuca estaba empapada. No salía de ella palabra discernible alguna, tan solo suaves gemidos.

—La misma sensación de siempre. Nunca se apaga —dijo él.

En ocasiones el orgasmo de ella era tan intenso que le dolían los músculos del estómago durante varios días. Era el único modo tangible que tenía él de percibir lo mucho que Leah le amaba. A veces una voz en el interior de Leah gritaba su nombre, que sonaba a años luz de distancia mientras alcanzaban juntos el clímax. Otras veces, y por razones desconocidas, ella sollozaba y él besaba las lágrimas que corrían por sus mejillas. Aquel día Miguel lanzó un grito largo y profundo que reverberó en el interior del pecho de Leah.

—Oh Dios mío, estoy preparado para morir en este instante —dijo él, derrumbándose sobre ella—. No puedo hacer el amor con nadie como lo hago contigo. Con nadie. Hacer el amor de esta manera es la esencia de la vida. Estás en mi corazón, Leah. Me consumen los recuerdos eróticos contigo. Son permanentes, no importa lo mucho que intente borrarlos de mi conciencia.

—¿Le dices eso a Susan cuando haces el amor con ella? —preguntó Leah, menospreciando sus celos.

—No —respondió él, con ojos inquisitivos.

—¿Ella te ama?

—No estoy seguro. Cuando hacemos el amor, no dice nada. Ya no hago el amor con ella como lo hacía al principio.

—¿Por qué te molestas en seguir haciéndolo?

—Las parejas tienen que hacer el amor de vez en cuando. Es una cuestión de dignidad por la otra persona.

—¿Y qué hay de mi dignidad? —preguntó Leah, levantándose y dirigiéndose al baño.

Miguel la siguió con la mirada, pero no pronunció palabra.

~ ♡ ~

Mientras Miguel dormía junto a Leah aquella noche, ella yacía despierta, inspirando su respiración. Si ella se alejaba o movía un pie, él la seguía con su cuerpo. Cuando Miguel puso una mano sobre su hombro, Leah la cubrió con la suya. Permaneció tumbada, paralizada por la emoción. En relación con la esencia de su vida y de su corazón, ella necesitaba honestidad por su parte, no palabras dulces. Le quería en su totalidad. Deseaba realidad. Quería que Susan desapareciera. Quería que él la acompañara a la boda de Dana y que fuera su compañero de por vida.

Leah se despertó con el arrullo de las palomas en el exterior de la ventana y esperó a que Miguel se moviera antes de acariciar sus labios con los de ella.

—Buenos días —dijo él, saliendo de la cama—. ¿Te apetece zumo de naranja? Prepararé el desayuno mientras tú haces la cama —continuó y abandonó la habitación, seguido por sus palabras. Se sentía cómodo en el hogar de Leah y se movía alrededor como un animal marcando su territorio. Cuando regresó de la cocina, traía dos vasos de zumo.

—Cantaste para mí en el puente. Deja que ahora te cante yo a ti, pero en español —dijo, recogiendo los platos del desayuno y regresando a la mesa del comedor.

—¿Entiendes estas palabras? Son muy bonitas —dijo, cuando finalizó las primeras frases.

Leah negó con la cabeza y él tradujo sus palabras. Le explicó que no era el significado literal pero que captaría la esencia de la canción.

Si pudiera decir lo bonito que es el amor, sentirías por mí lo que yo siento por ti. Soñarías sin estar dormida. Volarías sin alas y me dirías que me quieres.

—Esta es la mejor parte —continuó.

Ve a dormir pensando que pienso en ti. Despierta soñando que vives junto a mí. Solo para mí. Solo para mí.

Leah guiñó un ojo y le lanzó un beso.

Sin embargo, más tarde aquella mañana, mientras Miguel se preparaba para su marcha a Virginia, el humor maravilloso de ambos, cambió.

—Esto es horrible. Hay tanto que quiero darte —dijo Miguel, con la maleta en la puerta.

—He oído esas palabras antes. Yo necesito acción —dijo ella, mostrando una dulce sonrisa—. Sé que adoras Nueva York y te ves viviendo aquí, pero esa no es la realidad.

Pronto Miguel tendría que afrontar semanas de tratamiento de radioterapia, la incertidumbre respecto a su vida sexual y una cadena de problemas en el tambaleante negocio de joyería que dirigía. Además, estaba Susan esperándole con los brazos abiertos. Nueva York no era una realidad en su futuro, tal como Leah imaginaba su vida. No lloró cuando se marchó.

Qué hacer con Miguel se estaba convirtiendo en el asunto que ocupaba todo el tiempo de Leah. No podía librarse de él. ¿Él la amaba? Ya no estaba segura. ¿Cómo podría estarlo? Le entristecía pensar que no la conocía en profundidad. Él conocía a una acompañante para la cena; alguien que se movía bajo él en la más pura forma de éxtasis; una amiga a la que llamar cuando las horas del día decaían. No la había visto con sus hijos. Ni la había contemplado bailando alrededor de su apartamento, haciendo limpieza al ritmo de una canción en la radio. No se habían sentado ante la chimenea de Leah para leer el periódico o escuchar buena música. No podía experimentar a Leah por completo: su espíritu, su alegría, sus lágrimas y su hastío. Y cuando pensaba en su personalidad dual —Miguel y Mike—, Leah llegaba a la conclusión de que, en realidad, ella tampoco le conocía a él.

Se sentía perdida a nivel emocional y necesitaba el punto de vista de un hombre. Decidió buscar a Terrance Burke, un conductor de carruajes de Central Park y uno de sus mejores amigos. Lo encontró junto a su yegua, Patricia, en Grand Army Plaza, la entrada a Central Park desde la calle 58 Oeste y la Quinta Avenida. Una enorme estatua de bronce del general William Tecumseh Sherman dominaba la plaza. Leah admiraba a Niké, la Diosa de la Victoria, que compartía la plataforma con el soldado.

—Leah, cariño. ¿Cómo diablos estás? —dijo Terrance abriendo los brazos y atrayéndola a un abrazo perfumado con olores de caballo.

Terrance les había puesto como apodo las "zorras telefónicas" porque hablaban durante horas, a menudo desternillándose de la risa. Eran dos antenas que obtenían sus vibraciones el uno del otro. Él sabía que era su apoyo y su consejero cuando Leah necesitaba la perspectiva de un hombre en una relación.

—Vamos a dar un paseo —dijo él, tomando su mano.

Caminaron hasta su carruaje blanco con dos ramos de rosas de plásticos unidas al extremo. Terrance le dio a Patricia una zanahoria y ayudó a Leah a subir los escalones metálicos para entrar en el carruaje. Un momento Cenicienta para ella. Cuando su fusta rozó los cuartos traseros del caballo, los tres se adentraron en el frenético tráfico de la calle 58 Oeste.

Aquel día Terrance llevaba un sombrero de copa que le otorgaba un aire formal. Cuando no estaba trabajando, su curiosidad le había llevado a algunas de las más fascinantes aventuras del planeta. En su infancia decidió que nunca se casaría. En cambio, viajó por todo el mundo, siempre sin un penique, ya que consideraba que ese era el mejor modo de viajar. Entonces se encontraba en su trigésimo quinto año durmiendo en el suelo de pequeñas chozas, descendiendo rápidos que desafiaban a la muerte y escalando montañas en pos de la emoción eterna. Las paredes de su hogar de Nueva York exhibían insectos enmarcados que había coleccionado y pinturas que había completado durante momentos de tranquilidad. En un paragüero apilaba largas espadas. Sus estanterías albergaban sombreros indios, calabazas y pequeños recuerdos, todas ellas perfectas piedras de toque para sus historias llenas de acción. Un gran mapamundi cubría una pared del dormitorio, donde su mirada volvía a recorrer sus viajes mientras yacía en la cama, a menudo con una chica a su lado.

Las pezuñas de Patricia ponían el acento sobre su conversación mientras Terrance permanecía medio girado en el pescante para hablarle a Leah directamente.

—¿Y cómo te va con tu amante compañero de asiento? ¿Todavía te lo montas con él?

—¿Podemos elevar el tono de esta conversación, por favor?

—No estarás pensando en matrimonio, ¿verdad? Es el gran engaño. La anti-diversión de la vida. No vayas hasta ahí con tu vívida imaginación.

—Por supuesto que no, pero nos estamos enganchando el uno al otro. Pero, ¿por qué sigue viviendo con Susan? Esto empieza a ser una locura.

—Permanece en esa relación insatisfactoria por miedo. Miedo a estar solo. Miedo al rechazo. Miedo al cambio. Miedo a los grandes riesgos. Miedo a vivir una vida en el límite. Miedo de ti.

—De acuerdo pero, ¿qué hago con él respecto a mi vida?

—Mantenlo como un tentempié hasta que encuentres al adecuado -sugirió con un guiño.

—No puedo hacer eso —dijo ella—. Él es diferente. Quizá ha llegado por un motivo. Fue debido a él que escribí nuestra historia de amor. El proceso desenterró un nivel más profundo de amor propio y comprensión de mi vida como coleccionista de amor. Pero al conocerlo aprendí que quería cambiar esa conducta. Realmente es el hombre de mis sueños.

—Estamos hablando de un gran cambio para ti. ¿Puedo conocerle algún día? Te daré mi sincera y cruda opinión. Confía en mí. Conozco bien a los hombres. Puede que sea un gilipollas y tú no te estés dando cuenta. Te protegeré.

—No, no puedes conocerlo. Sabes demasiado sobre mí. No es un gilipollas. Deja de jugar conmigo. Por favor, dime, ¿qué atrae a esos hombres hasta mí? No soy un bellezón. No tengo un cuerpo de escándalo. Económicamente estoy acomodada, pero no me gusta pagar la cuenta de la cena. Me gusta la vida hogareña, pero no constantemente. La única razón por la que mis amantes perduran es por el sexo. Siempre he pensado que hay muchas mujeres como yo. Quizá no.

—Toda tu jovialidad y alegría vinieron después de tu divorcio. Escuchaste a tu intuición. No a la de otra persona. Asumiste grandes riesgos; divorciarte y dejar Rhode Island en busca de una vida mejor. Aquello convirtió los riesgos en nuevas oportunidades. Vives tu vida con valentía, no como otros que se encuentran atrapados en vidas miserables o vividas a medias.

—¿De verdad piensas esos de mí?

—Por supuesto, pero muchos hombres te temen. Intuitivamente saben que no deben meterse en las trincheras contigo. Eres una ganadora. Si ellos no lo son, ¿por qué torturarse?

—Gracias, pero creo que me acabas de insultar. Puede que tengas razón, te agradezco la ayuda. Te debo una cena.

—Se agradece y me aseguraré de que cumplas tu promesa. Pero no olvides nunca que estos hombres irrealizados que conoces viven una verdad perdida hace tiempo a través de ti. Tienes un pensamiento mágico, Leah. No lo pierdas. La libertad es la dicha definitiva de la vida. Disfruta de la tuya. Si estás destinada a estar con Miguel, sucederá.

Entonces se giró en el pescante para tensar las riendas de Patricia. Aligeró su paso durante el final de su paseo. Cuando Leah dejó a Terrance en la parada de carruajes, su abrazo de despedida fue más largo de lo habitual.

Una intensa tristeza la sobrevino de camino a casa. ¿Era imaginación suya o había un número inusualmente alto de parejas cogidas de la mano? ¿Estaba sola debido a su actitud de coleccionista de amor con los hombres? Probablemente sí, de forma que tomó una decisión. Se acabaron los enredos con hombres no disponibles. Nunca deberían dictar su relación. Se acabó esperar a que sonara el teléfono. Se acabaron los interludios románticos. Su estilo de vida liberal respecto a los hombres había sido un periodo fabuloso, pero se había terminado. Viviría una vida de celibato. La idea de una opción tan restrictiva resultaba sobrecogedora, pero la recompensa superaba el dolor de una mala elección.

CAPÍTULO DIEZ

UNA VEZ QUE LA VISITA DE MIGUEL a Nueva York terminó entre sueños rotos y a pesar de la decisión de Leah de mantenerlo a raya, siguió contestando sus llamadas telefónicas. Cuando colgaban, se prometía a sí misma que limitaría las llamadas. Se había convertido en una amiga telefónica ocasional que le ofrecía apoyo durante su tratamiento para el cáncer.

En una ocasión, cerca de medianoche, varios meses después de haber terminado, Miguel la llamó desde su casa. Susan estaba fuera todo el fin de semana. De fondo se escuchaba la música de una guitarra española.

—Oh, Leah —suspiró—. Te quiero a mí lado, ahora. Te echo mucho de menos. Mi libido ha regresado. Soy un hombre afortunado. ¿Me imaginas en tu cama contigo? —preguntó dulcemente y lanzó un beso a través del teléfono.

La noche siguiente volvió a llamar, de nuevo con la guitarra española de fondo.

—Hola, cariño. Sólo quería decirte que te quiero. Te llevo en mis pensamientos. Estoy intentando arreglarlo para verte en Nueva York. Estoy deseando que estemos juntos de nuevo.

—Déjalo, Miguel —gritó Leah—. Deja ya el jueguecito

erótico. Para ésta estupidez, déjame en paz. Se acabaron las llamadas telefónicas. Estoy empezando a odiarte. Crece de una vez. Se acabó, no puedo seguir con esto. Disfruta de tu vida con Susan. Se acabó —dijo Leah, y colgó el teléfono.

Él no volvió a llamar.

Susan se encargaba de las cuentas de la casa. ¿Fue casualidad o deliberado que Miguel no interceptara la factura de teléfono que mostraba sus llamadas nocturnas a Leah? Él había planeado pagarla por su cuenta. También planeó decirle a Susan que su relación había terminado. Era una buena mujer que debía encontrar a otra persona, a pesar de lo mucho que le quería. Aunque se había encargado de él durante su enfermedad, eso no era suficiente para permanecer juntos. No debía conformarse con ser la enfermera. Y Miguel quería vivir solo. Quería a Leah en su vida. Le daría la devastadora noticia a Susan después de la fiesta sorpresa de cumpleaños que su familia había organizado para ella. Miguel debía asistir. Cuando ella enfermó con neumonía, él tuvo que cuidar de ella. Pero la factura telefónica llegó antes de que tuviera la oportunidad de decirle nada sobre la ruptura.

Susan se encontraba a su lado, una lluviosa tarde, cuando el cartero llegó a su casa. Miguel observó cómo el correo se deslizó a través de la abertura de la puerta y aterrizó en el suelo. La factura telefónica se encontraba sobre todas las demás. ¿Cómo podría coger una sola carta? No podía. Nunca se encargaba del correo. Se limitó a quedarse quieto, observando a Susan recoger los sobres y penetrar en la cocina.

—Oye, cariño. ¿Has llamado a alguien a Nueva York? —gritó por encima del hombro unos minutos después—. ¿A medianoche y durante noventa minutos? ¿Por qué? La siguiente noche hablaste cinco. No conocemos a nadie en Nueva York. ¿Qué pasa aquí, Miguel?

Sin responder, Miguel entró en la cocina, tomó su mano y la condujo hasta un sillón en el salón. Habían elegido dos para su nuevo hogar. Se sentó frente a ella en su sillón e hizo una pausa, buscando las palabras adecuadas. Se levantó y caminó hasta la chimenea. Susan le siguió con la mirada, inquieta e inquisitiva. Cuando al fin habló, el ambiente en la habitación ya se había vuelto desagradable.

—Conocí a una mujer en un avión a España hace unos años. Cuando aterrizamos, huimos juntos, como dos amantes de un cuento de hadas. Sufrí de una gran culpa cuando regresé a tu lado, decidido como estaba a mantenerla tan solo en el recuerdo. Nunca planeé esta relación, Susan. Tú confías en mí cuando viajo solo. He intentado olvidarla, pero me obsesiona. Volví a verla cuando estuve en Portugal. Te mentí cuando viajé a Nueva York. Ella vive allí. No me limité a visitar los museos; me acosté con ella y la amé de nuevo. He estado más de un año hablando con ella desde mi despacho. La amo. Tú y yo debemos separarnos.

Soltó esta confesión de un tirón. Agachó la cabeza, incapaz de levantarla. Un ligero temblor recorrió su cuerpo.

—No mereces este sufrimiento. Lo siento mucho. Intenté contártelo, pero nunca era el momento adecuado.

Susan permaneció sentada, muy erguida. Tenía la boca abierta y solo la cerraba para tragar el nudo formado en la garganta. Su mirada lo traspasaba.

—Oh, Dios mío. ¿Cómo has podido hacerme esto? Nos queríamos. Confié en ti cuando viajabas. Nuestros amigos cuestionaban tus viajes en solitario, pero yo nunca lo hice. Comprendía que necesitabas reconectar con tus raíces europeas. ¿Pero otra mujer en tu vida? ¡Imposible!

Susan se dobló en el sillón, dejando escapar incontrolados y profundos gemidos y sollozos.

—Eres un ser humano despreciable. Otra mujer en tu vida y duermes a mi lado noche tras noche. ¿Piensas en ella cuando hacemos el amor? —gritó.

Miguel intentó posar la mano sobre su hombro, pero ella la retiró.

—He intentado ser fiel. Soy un hombre monógamo. Nunca había hecho algo así. Me odio a mí mismo por este engaño premeditado. Odio mi trabajo. Odio la vida aburrida que llevamos, Susan —su pecho se agitaba con cada una de sus profundas inspiraciones—. Te mereces más de lo que yo puedo darte. Eres una persona maravillosa, pero vivir como una pareja es un fraude para mí. Te quiero más como a una amiga y no lo suficiente como para resistir la tentación de otra mujer.

—¿Que me quieres? —preguntó ella, incrédula—. ¿Tú me quieres? No, Mike, tú te amas a ti mismo —nunca le llamaba Miguel—. Estamos cerca de los sesenta. ¿Qué nos queda, aparte de disfrutar el uno del otro el resto de nuestra vida? Podemos convertirnos en abuelos cuando mis hijos tengan sus propios hijos. Te he cuidado durante tu cáncer de próstata. ¿Era ella lo que tenías en mente cuando deseabas continuar teniendo erecciones? ¿Crees que tu ramera de Nueva York te querría si no se te levantara? Yo he aceptado esa posibilidad. Mi amor hacia ti es incondicional.

—Ella no es una ramera. Y no sé lo que ella aceptaría.

—Tenemos planeado un viaje a México. ¿Cómo puedo mirar a la cara a nuestros amigos casados y acostarme a tu lado sabiendo que hay otra mujer en nuestra cama?

Lo que no añadió fue que sus amigos estaban deseando que él le pidiera matrimonio.

—No volveré a confiar en ti, nunca —continuó y comenzó a dar vueltas por la estancia—. ¿Por qué sigues persiguiendo una relación satisfactoria, entrado en la edad madura? ¿Recuerdas que me dijiste que yo era la definitiva? Cabrón. Quizá una indiscreción es perdonable, pero no dos meses de triángulo amoroso clandestino —dijo furiosa y clavándole la mirada—. ¿Cuál es el problema conmigo, Mike? ¿Por qué te aburre nuestra vida? ¿Qué tiene esa mujer que no tenga yo? ¿Por qué me haces esto? —dijo, patéticamente, con un tono más suave.

¿Cómo podía decirle que carecía de todo —todo— lo que Leah poseía? No lo hizo. En cambió, vio la imagen de Leah y supo que se arrepentiría eternamente si la perdía por quedarse con Susan. El cáncer de próstata y el exitoso tratamiento le habían cambiado. Quería deshacerse de las mentiras que habían llegado a dirigir su vida. Ya no merecía la pena el esfuerzo. Leah empleaba esa frase para describir su vida y cómo la gente malgastaba la suya.

—¿Te está esperando ella en Nueva York? —dijo Susan rompiendo el helador silencio.

—No lo sé, quizá se haya marchado. No puedo culparla. Viviré solo, con o sin ella. Mentirte ha sido un doloroso error. Me he convertido en dos hombres distintos. Eres una mujer maravillosa, pero...

—Tendrás lo que deseas. Vive solo en este hogar que hemos creado —dijo Susan lanzando su copa de vino a la chimenea.

Miguel retrocedió. Nunca había visto tanto odio dirigido hacia él como el que veía en los ojos de Susan.

—Duerme solo en nuestra cama. Quita mi nombre del buzón. No quiero tener conexión contigo. Cambia el mensaje del contestador. Tú limpias —dijo entre sollozos y corrió a su dormitorio, donde se deshizo en lágrimas sobre la cama. En una hora, cogió las llaves del coche y salió como un rayo por la puerta.

Cuando Susan se marchó, Miguel escuchó las ruedas del coche chirriando para salir hacia la carretera. El ocaso llegó mientras Miguel, sentado solo, se preguntaba cuándo había muerto el amor. ¿Cuándo fue el preciso momento, la hora exacta, el día, la semana, el mes o el año, en el que amar a alguien se convirtió en un desdén? ¿Cuándo fue el día divisorio? ¿Cuándo sus ojos se volvieron ciegos al cuerpo desnudo de Susan, echado en la cama noche, tras noche, tras noche? ¿En qué punto hacer el amor se había convertido en una rutina, una obligación en las noches de miércoles y sábados? Después del tacto de Leah, cada vez que Susan le buscaba en la cama, solía tartamudear, balbuceando alguna excusa para no hacer el amor. Quizá más adelante. Ella sollozaba en la almohada mientras él fingía dormir.

¿Cuándo comenzó a asfixiarle el yugo del hábito? Aquel yugo de la pareja, el seguro de vida que otros celebraban, le había ahogado; una vez más. Conocía la rutina de Susan, sus pasos, sus idiosincrasias, el gemido de sus orgasmos y sus preferencias culinarias. El misterio y la búsqueda se habían convertido en la tiranía de la monogamia. Había comenzado a evitar sus mundanas y numerosas llamadas al móvil. Él se preguntaba por qué aguantaba tanto, teniendo en cuenta que ella quería casarse y él no.

Aquella noche escuchó música española. Bebió mucho; en todo momento tenía cerca una botella abierta de Carlos V. Leyó un libro en español, diciendo las frases en voz alta para romper el silencio que le rodeaba. Lloró con profundos gemidos, sentado en la oscuridad. Nunca había experimentado tal tristeza. Una parte de él estaba muriendo. Y él era el único que estaba de luto.

Durante aquella soledad, diseccionó su actitud en la vida y su incapacidad para devolver el amor de una mujer por completo. Una vez que declaraba su amor, lo cual siempre sucedía al comienzo, no podía mantenerlo. No le resultaba natural. En su recuerdo se revolvieron flashbacks de todas las mujeres que le habían amado a lo largo de las décadas. Él siempre era el objeto de su amor, un papel familiar y satisfactorio. Cuando las ordeñaba hasta secarlas, acababa con la relación y comenzaba a cortejar, seducir a alguna nueva conquista, hasta que finalmente se acostaba con ella.

—Nunca encontrarás a otra mujer que te ame como yo —escuchaba repetidamente cuando las mujeres abandonadas intentaban consolarse a sí mismas y reparar el daño de su sangría.

Ahora la vida le otorgaba su deseo de estar solo. Pero no le había preparado para el terror y el desaliento que sentía. Además, no tenía a nadie con quien hablar de ello. Sus amigos se encontraban enfrascados en sus relaciones y felices con una sola mujer, haciendo de él un bicho raro. Cuando sus pasos resonaron a través del suelo de madera y vio las guías de viajes, preparadas para nuevos destinos y nuevas mujeres que conquistar, supo que era la vida de un idiota. Era todo arrojo. Un hombre sin equilibrio.

La hermosa voz de Leah le habló a su alma durante aquella tortuosa noche. *Sigue trabajando en ello, Miguel. En lugar de ser el objeto del amor, descubre cómo entregarlo incondicionalmente. El resultado es encontrar, aceptar y amar finalmente a una mujer, no a una multitud de ellas.*

Cuando se imaginó haciendo el amor con Leah de nuevo, su mano se movió sobre la cremallera de sus pantalones. Pero no se trataba solo del sexo con ella. Era toda ella la que lo consumía. Quería y necesitaba compartir su vida solo con ella. Pero esto del amor a una sola mujer era algo tan nuevo. ¿Podría confiar en sí mismo? Todo el mundo poseía una verdad personal que en algún momento debía afrontar. La suya consistía en aceptar a Leah como la única mujer a la que deseaba entregar su amor. Incluso aunque le rechazara, seguiría contando con su amor para siempre.

Aquella revelación fue como una iluminación en su mente confundida y rota. Abrió su agenda y creó una lista de tareas. Estaba a punto de comenzar una vida sincera; diseñó su futuro, con o sin Leah. No era muy optimista respecto a si ella seguía con él.

¿Pero qué haría con el negocio familiar de joyería? No estaba prosperando durante la crisis. Sus hermanos cuestionaban su estilo descuidado con el negocio. No tenía puesto su corazón en la firma; no estaba interesado en seguir en Virginia. Decidió que debía organizar una reunión familiar con el abogado de la empresa. Les diría a todos que no podía vivir respecto a las expectativas que otros tenían sobre lo que debería llegar a ser. Renunciaba a su parte en la sociedad y seguía su camino.

La libertad lograda al decirle a Susan que habían terminado y al decidir enfrentarse a su familia con su retirada del negocio, le empujó a buscar el teléfono para llamar a Leah enseguida. No solo la amaba; también le gustaba y respetaba su consejo de no utilizarla como la razón para dejar a Susan.

—Solo lo puedes dejar por ti —le había dicho—. Toma la decisión en base a tus necesidades y a cómo vas a embarcarte en una nueva vida, con o sin una mujer.

Miguel dejó a Susan por sí mismo. Si Leah no estuviera en su vida, seguiría adelante con ella en su corazón. Pero en el fondo, la quería para siempre. Mientras marcaba su número, un temblor familiar recorrió su cuerpo. En su regazo descansaba un cuaderno con pensamientos sueltos, aunque los había memorizado. Cuando el teléfono sonó cuatro, cinco, seis veces, deseó que ella no hubiera reconocido el número y estuviera ignorando su llamada.

—Hola —dijo ella, apresuradamente.

—Leah —dijo él con suavidad y con el corazón en un puño.

—Miguel, ¿eres tú? No te oigo bien.

—Sí, soy yo. Tengo algo que decir así que, por favor, déjame hablar primero. Espero que aún quieras escuchar estas palabras. Susan y yo ya no estamos juntos. Descubrió lo nuestro por una factura de teléfono. Tenía pensado decírselo antes. Este fin de semana se va de casa. Voy a vender mi parte del negocio. Me mudo a España y a Nueva York. Yo también era un coleccionista de amor hasta que te conocí. ¿Puedo verte de nuevo?

—Oh, Dios mío, Miguel. He deseado tener esta conversación desde nuestra noche en Segovia. ¿Por que ha sido necesaria una factura de teléfono para que rompieras con Susan? ¿Te hubieras quedado si no hubiera sido por eso?

—No. Será difícil de creer para ti, estoy seguro. Tú sabes que siempre he deseado vivir solo. Todavía lo deseo, pero mi corazón no quiere estar solo. He vivido muchas rupturas con mujeres. Pensaba que nunca encontraría a la adecuada hasta que llegaste a mi vida. En ocasiones son necesarias algunas mentiras brutales, como las que mantuve con Susan y conmigo mismo, para descubrir quiénes somos en realidad. ¿Podemos formar una nueva vida juntos? ¿Viajarás conmigo otra vez, Leah? —preguntó, antes de que ella pudiera hablar—. Me da miedo esta nueva vida pero no tanto si tú estás a mi lado.

—Vive tu vida con gusto, Miguel. Toma riesgos con valentía. Siente emociones intensas. Estás en el buen camino. Intentaré comenzar algo nuevo contigo, pero en nuestros términos, no solo en los tuyos —dijo ella, dulcemente—. Pero no tienes buenos antecedentes. Engañaste a Susan para estar conmigo. Sinceramente, no confío en ti. Pero te felicito por dejarla, era lo correcto. Piensa un poco más. Hablaremos más adelante. Estoy demasiado ocupada con la boda de Dana. Necesito tener la mente despejada. Tú me generas demasiada angustia en este momento, pero estoy orgullosa de ti. Tengo que irme, Dana me está llamando por la otra línea.

—Eh, espera un minuto —dijo él—. Por favor, no cuelgues tan rápido. Necesito un hilo de esperanza. Ahora que me he declarado, por así decirlo, y estoy al descubierto, ¿tengo alguna posibilidad contigo? Dormiré mejor con una respuesta.

—Seguro que sí —dijo ella con dulzura—. Hay un amor profundo. También una historia, aunque parte de ella sea desagradable. No siempre hemos sido amables el uno con el otro. ¿Pero cómo podíamos, viviendo una mentira? Fue delicioso cuando estábamos en la cama o hablábamos por teléfono durante horas, pero la realidad era que tú vivías y te acostabas junto a Susan. Ahora ya no lo haces. Tengo que asimilar este cambio. Quería que fueras accesible, ¿recuerdas? Ahora lo eres. Déjame que me vaya con un pensamiento: en una escala del uno al diez, estás llegando al nueve ahora mismo. *Besos* mi amor. Adiós por ahora.

Tras la llamada, Miguel permaneció en su sillón de cuero escuchando música. Se imaginó en la cama con Leah y sonrió. Sabía que la amaba. Por fin estarían juntos. La visión le produjo euforia y excitación antes de quedarse dormido. Cuando sonó el timbre de la puerta, se despertó de un salto. Pero lo que aceleró su corazón fueron las luces parpadeantes de un coche aparcado en la entrada de la casa. Algo iba mal.

—¿En qué puedo ayudarle, agente? —dijo Miguel frotándose los ojos.

—¿Es usted Miguel Santiago? ¿Ésta es su casa?

—Sí. ¿Qué ocurre? —preguntó.

—Ha ocurrido un accidente grave en el que está implicada Susan Ingram. En su carné aparece esta dirección. Algunos testigos han declarado que conducía muy rápido y de forma errática, como una persona desequilibrada. Ha chocado contra un árbol. Ha tenido suerte de no partir el coche por la mitad.

—¿Qué quiere decir que el accidente es grave? ¿Ha muerto? —preguntó Miguel sin aliento, apoyándose en la puerta.

—No. Pero ha sufrido lesiones importantes. Está en cuidados intensivos en el hospital St. Paul. ¿Es usted su marido?

—No. Soy un amigo. Vivía aquí hasta esta noche.

—¿Tuvieron una discusión?

—Algo más que eso.

—Supongo que querrá verla. Es grave —dijo el agente mientras regresaba al coche.

Miguel condujo hacia el hospital sintiendo una profunda culpa. Sus mentiras y engaños habían estado a punto de matar a Susan. Ella no merecía haberse enamorado de su alma decadente. Se había entregado por completo en la relación. Recogía sus calcetines; hacía su colada; cocinaba casi todas las noches; le había llevado a cenar a sus restaurantes favoritos; había decorado la casa en Navidad; organizaba su calendario social; pagaba las facturas; le hacía el amor apasionadamente cada vez que él quería y nunca puso en duda su fidelidad. A cambio, él vivió con ella y se retrató a sí mismo como su mejor mitad. A pesar de todo, nunca se casaron y él nunca quiso ser un auténtico marido. Se había empleado a fondo intentado que funcionara en la superficie, pero el verdadero Miguel viajaba solo a su Tierra Prometida, arrastró a su compañera de asiento, llamada Leah Lynch, a la cama y sí, tuvo una aventura de una noche en Italia, tal como Leah había sospechado, que provocó que perdiera el vuelo de vuelta. Llevaba la tarjeta de Elena en el bolsillo de la camisa cuando Leah le sorprendió en el aeropuerto Newark. Llegó incluso a enviarle un correo electrónico y a llamarla a Italia desde su despacho de Virginia. Ella tenía potencial. Al pensar en esa mentira a Leah, sintió náuseas.

Detuvo el coche, abrió la puerta y vomitó en el asfalto. Se vio a sí mismo como el tipo arrogante en todas sus relaciones. Cuando aparcó en el aparcamiento del hospital, no era capaz de bajar del coche. Se limitó a esconder la cabeza entre sus manos y sollozar. Juró que desde ese momento su vida cambiaría. No volvería a mentir a otra mujer o a sí mismo, nunca más. Pero, ¿qué camino seguiría su nueva vida?

—Está en la habitación 104 —dijo la enfermera cuando entró en el hospital.

—¿Ciento cuatro? —preguntó. Estaba confuso.

—Sí. Al fondo del pasillo a la derecha.

Aquel número le era tremendamente familiar. Era el mismo número de habitación del hotel de Segovia en el que Leah y él se enamoraron profundamente y en el que Susan moría en su corazón aquella misma noche.

Penetró en la habitación, pero se detuvo. Una pantalla verde brillante junto a ella mostraba señales parpadeantes y tenía un gotero unido a su maltrecho brazo. Su hija ya había enviado un ramo de flores. Miguel se acercó dubitativo a la cama, se inclinó sobre su cabeza, le pasó la mano por el cabello y besó su frente.

—Oye, Susan, soy yo, Miguel. Lo siento mucho. Recupérate, por favor.

Ella abrió los ojos ligeramente, los cerró y suspiró profundamente. Una lágrima recorrió su mejilla.

Miguel se sentó en una silla cercana y permaneció allí,

sin apartar la vista de ella hasta que el amanecer iluminó la habitación. Demasiados pensamientos. *Oh, Susan, ¿cómo hemos llegado a esto? ¿Por qué duele tanto un amor agonizante? ¿Cómo podemos seguir adelante ahora, juntos o por separado? Lo siento mucho. No mereces este horror que he traído hasta ti.*

—Estará aquí algunas semanas y necesitará fisioterapia. ¿Regresará a su casa? —preguntó el terapeuta a Miguel a la mañana siguiente.

—Eh... probablemente.

¿Qué otra cosa podía decir?

Miguel visitó a Susan a diario. Ella fue recuperando fuerzas pero evitó cualquier conversación importante con él. Su familia también fue a verla y solo le dirigían la palabra a Miguel cuando éste les hablaba. Las parejas con las que compartieron cenas se sentaron al lado de Susan y su desdén formó un muro impenetrable para Miguel. Pero él permaneció en la habitación. Era lo menos que podía hacer. Pasó por la oficina y se comprometió a pagar las facturas que no cubriera el seguro. Contactó con una empresa de suministros hospitalarios para que instalara en su casa todo el equipo de rehabilitación que necesitase. Contrató a una asistente para el hogar. Se encargó de todos los aspectos relacionados con la completa recuperación de Susan, excepto su corazón roto.

—Oh, Dios mío, Leah, ¿qué voy a hacer? —preguntó Miguel cuando la llamó varios días después del accidente.

—¿Qué quieres decir? ¿Cuál es el problema?

—Susan se marchó de casa la noche en que nos separamos. Conducía a toda velocidad y chocó con un árbol. Estuvo a punto de morir. Necesitará meses de rehabilitación y regresará a nuestra casa.

—¿Tú la quieres? Siento ser tan brusca pero lo que está en riesgo es nuestra futura felicidad. Ella se recuperará pero, ¿lo harás tú si te quedas a su lado?

—No, no la quiero. Te quiero a ti. Qué locura de pregunta me planteas ahora. Me siento culpable por lo que le he hecho. ¿Qué debería hacer?

—Seré brusca una vez más. Debes ver esto tan solo como lo que es, un accidente. No ha sido culpa tuya, no asumas ese tipo de culpa. Pero encárgate de sus necesidades. Paga todos los gastos. Haz que se recupere. En esta ocasión, deja tú la casa. Quizá puedes ceder la escritura. O vende la casa y ayúdala a encontrar otra. No sé, Miguel. Haz algo positivo, pero que sea honesto.

—Debes estar bromeando. No puedo dejarla por segunda vez. Podría hacer algo así otra vez. Qué insensible eres. Lo único que quieres es que esté contigo.

—Primero quiero que estés contigo. Decide después qué mujer quieres permanentemente en tu vida. Profundiza, encuentra tu verdad. Deja de mentir a Susan, a mí o a tu siguiente mujer. Cuando se evita la verdad, al final todo el mundo sale peor parado. Madura, Miguel. Lo que está sucediendo ahora y el modo en que lo manejes, establecerá el curso del resto de tu vida. Eres un hombre maravilloso, listo, compasivo, generoso, divertido y atractivo. Y quieres vivir solo. Tienes que verte como yo te veo. Estoy loca por ti, ¿todavía no lo sabes? Pero quiero que tú estés loco por ti mismo.

CAPÍTULO ONCE

LEAH TEMÍA IR A LA BODA DE DANA desde el día en que su hija posó su fina mano con su impresionante anillo de compromiso sobre la mano de su madre. La ansiedad continuó durante los preparativos de la boda. Regresar a Providence como la madre de la novia, significaba revivir un infeliz y doloroso pasado, unido a uno de los días más hermosos para su familia. ¿Era una madre horrible por sentirse de este modo?

Una semana antes de la ceremonia, Leah llegó a su ciudad natal y se registró en un hotel. Antes de que Dana y ella se pusieran a trabajar en preparativos de última hora, Leah dio un paseo por el barrio del East Side de la ciudad, a varias manzanas de distancia. Los prósperos comerciantes de los siglos diecisiete y dieciocho habían construido fastuosas mansiones que se extendían a lo largo de las aceras de ladrillos con incrustaciones. En los cincuenta, muchas de las casas se convirtieron en pensiones de tabiques endebles. Durante el día, el área exhibía la prestigiosa Brown University cubierta de hiedra. Por la tarde, las calles Benefit, Power, Prospect y otras —todos ellos nombres asociados con las puritanas familias yanquis—, se convertían en las sendas de fortuna para las prostitutas que llevaban plumas en los sombreros y ostentosos pendientes en las orejas. Se contoneaban por calles en su día recorridas por Edgar Allan Poe y George Washington. Paseaban incluso por delante de la Primera Iglesia Baptista de Estados Unidos, construida en 1775, y que aún daba servicio a una congregación activa.

La restauración de la "Milla de la Historia" del East Side comenzó cuando la Providence Preservation Society animó a las familias acomodadas a comprar en la zona y restaurar las casas, lo cual fueron haciendo, una a una. Los amplios suelos relucían ahora bajo alfombras orientales y se combaban con el paso del tiempo. Un mantel embellecido con grecas mostraba las fotografías familiares. Los muebles Hepplewhite de caoba, los sillones con estampados florales y las blancas cortinas almidonadas se combinaban para crear un hogar adorable. En el exterior, los cerezos florecientes daban sombra a filas de flores púrpura y amarillas en las aceras. Y en los jardines traseros, las vallas de un blanco pulcro cercaban los lechos de tulipanes.

El paseo de Leah por el Providence histórico la ayudó a procesar su vida anterior cuando vivía en la ciudad. Aunque Nueva York era el hogar de su alma y su insaciable curiosidad la había llevado a muchos países, seguía siendo de Rhode Island. Podía admitirlo. El regreso a la calle donde vivió como mujer casada y madre de dos hijos supuso un gran impacto.

La persona en la que se había convertido, comparada con la que una vez fue en esa calle, hizo que le resultara difícil identificarse con esa vida pasada. Ahora era una mujer transformada y evolucionada, eternamente agradecida por ello. Pero tenía que regresar a su antiguo hogar. Dana quería que su madre estuviera a su lado mientras se vestía para la ceremonia.

~ ♡ ~

—Pare en esa esquina, seguiré a pie —le dijo Leah al taxista cuando llegaron a la avenida Williston.

Se quedó inmóvil contemplando su antigua calle, hasta que un balón de fútbol pasó rodando, golpeó el bordillo y rebotó para detenerse a sus pies. El pequeño futbolista gritó para que Leah le devolviera el balón, pero ella no reaccionó. Continuó sin moverse, haciendo acopio de valor. Su rostro estaba inmóvil a excepción de una ligera sonrisa íntima.

El muchacho gritó de nuevo, pero no obtuvo respuesta. Era como si ella no oyera. Su sonrisa se desvaneció, como una onda en un río. El chico, exasperado y confuso, corrió hasta ella para recuperar la pelota. Pero cuando la recogió y estaba a punto de volver corriendo al juego, algo le obligó a detenerse y mirar a la extraña mujer una vez más.

—¿Está buscando a alguien? —preguntó.

Pasó un momento sin respuesta de Leah, pero algo en esta mujer elegantemente vestida llamaba la atención del chico. Era la quietud de su rostro. El chico estaba sorprendido, pero entonces la máscara de pronto desapareció y ella le miró y sonrió.

—A mí —dijo en un tono dulce y triste al mismo tiempo—. Me estoy buscando a mí. La mujer que una vez vivió aquí.

Los rayos de sol se filtraban a través de los árboles mientras caminaba por la calle, donde los pájaros revoloteaban por las ramas. Un soplo de viento arrastró las hojas secas hasta las aceras de cemento y los jardines de las casas. Pat, el cartero, seguía recorriendo la calle arriba y abajo, de casa en casa como si estuviera atando un zapato imaginario con su recorrido. Flap, flap, flap, se llenaban los buzones y los enérgicos pasos de Pat frente a las puertas hacían que los ocupantes salieran a recoger el correo.

Leah jamás hubiera cambiado los años de sus hijos en la calle en que nacieron. Para ellos aquel era un lugar de amistades duraderas. Todavía podía ver sus triciclos pasando por encima de los charcos, las fiestas de cumpleaños, los puestos para vender limonada y la casita del árbol. Cuando su antiguo hogar estuvo a la vista, Leah dudó si tendría fuerzas para entrar, pero tenía que hacerlo, por el bien de Dana. Llamó a la puerta.

—Bienvenida a casa, Leah —dijo Sun-Hee, la mujer de Jim, extendiendo la mano y sonriendo—. Bienvenida de vuelta, es lo que quería decir —corrigió con una risita.

—Gracias, es un placer estar aquí —mintió Leah.

—Tu hija te está esperando para que la ayudes con el vestido —dijo Sun-Hee y señaló las escaleras.

~ ♡ ~

El día de la boda, Leah se encontraba en el antiguo dormitorio de su hija, abrochando la larga línea de botones de satén que recorría la espalda del vestido de boda de Dana. Derramó una lágrima de alegría con cada botón, al igual que su hija.

—¿Estás nerviosa, hija querida?

—No mucho. Me muero de ganas de convertirme en la esposa de Steve y convertirte en abuela. Espero ser una madre tan fantástica como tú.

—¿En serio? Dana, ¿lo dices en serio, considerando la catástrofe que vivió esta casa con el divorcio?

—Nunca hubiéramos llegado a estar tan bien como estamos ahora. Nos cambiaste a todos para bien —Dana se limpió una lágrima y comprobó el maquillaje en el espejo—. Estoy muy orgullosa de ti por lo que hiciste. No se te ocurra pensar que fue un error. Pero me gustaría que tuvieras un compañero estable, mamá. Si lo tuvieras, hoy no estarías sola.

—Vamos, vamos. Hoy no se trata de mí, se trata de Steve y de ti. Estoy bien sin un hombre a mi lado. Una vez que regrese a Nueva York, empezaré a buscar de nuevo. Es maravilloso escuchar tus cumplidos sobre cómo te crié. Pero bueno, no nos pongamos tan sentimentales. Tu vestido está abrochado, colócate el velo. El fotógrafo está esperando.

En la Iglesia de Nuestra Señora del Rosario y en el momento en que comenzó la Marcha Nupcial de Mendelssohn, Clarke, el hijo de Leah, ofreció su brazo a su madre para acompañarla a recorrer el pasillo de la iglesia.

—Respira hondo y sonríe. Deberías sentirte orgullosa. Y estás muy guapa —susurró.

Varios cientos de personas acudieron a la misa, muchos de ellos aún sin estar invitados a la recepción. Antiguos compañeros de clase del colegio de Dana y Clarke acudieron para ver a la novia. Algunos eran simplemente curiosos que querían ver a Leah, la mujer que todo el mundo predijo que fracasaría.

Cuando vivía en la avenida Williston, las mujeres del barrio se contaban sus secretos y sus quejas. Pero ella había sido la única en divorciarse y dejarlas atrás. Esas mismas mujeres se encontraban sentadas en mitad del pasillo. Cuando las saludó con la cabeza, visualizó carritos de bebé, clases de costura, recetas compartidas y cupones de descuento. También percibió que la luz se había apagado en algunos ojos. Un profundo e inconfundible aburrimiento se había asentado en ellos. ¿Estarían pensando que ellas también deberían haber cambiado sus vidas? Leah notaba su estómago atenazado. Las lágrimas caían. Su labio inferior temblaba. Clarke la asió con más fuerza mientras pasaban a través de las intensas miradas a ambos lados del pasillo.

—Lo estás haciendo muy bien, mamá. Eres mucho mejor que

la mayoría de esta gente —dijo y la besó en la mejilla, guiándola hasta el primer banco.

Entonces el momento pertenecía a Dana, que había tomado el brazo de su padre para caminar orgullosa por el largo pasillo, saludando y sonriendo a la multitud. Leah tuvo la sensación de que los asistentes iban a romper a aplaudir. Jim merecía este día con su hija. Era un buen padre con valores decentes que seguían siendo válidos. Se encargó de recoger el manto de la paternidad cuando Leah lo dejó caer durante aquellos oscuros días que siguieron al divorcio. Sin él, probablemente Leah no sería la mujer que era hoy.

Tras la ceremonia, una fila de recepción informal se formó junto a los arbustos de azaleas a la salida de la iglesia. Leah se sorprendió deseando unirse a ella. Muchos invitados se alinearon para saludarla, felicitar a Dana y conocer a Steve, su nuevo marido.

—Te he echado mucho de menos, bienvenida a casa —dijo una amiga, abrazándola más fuerte de lo que Leah esperaba—. Lo hiciste a tu manera, buen trabajo —susurró al oído de Leah antes de seguir adelante en la fila.

—Qué afortunada eres de tener una familia tan maravillosa —dijo otra amiga—. Te hemos echado de menos en el barrio pero fíjate adónde te ha llevado tu viaje, a ti y a tus hijos.

—Ojalá yo tuviera tu valentía —le dijo la mujer que una vez le confesó que amaba a un hombre que no era su marido. Su aventura tenía décadas de antigüedad, pero nunca tuvo lo necesario para dejar su matrimonio fracasado. Su rostro estaba marcado con profundas arrugas, más evidentes aún por la falta de brillo en sus ojos.

Lentamente, con cada abrazo, susurros de aprobación o cierta sonrisa cálida, los demonios en la mente de Leah sobre su desagradable pasado se fueron desvaneciendo, uno a uno, hasta que se desintegraron bajo los brillantes rayos del sol. Todo el mundo había seguido adelante con sus vidas, vidas que incluían a Leah como amiga. Simplemente ella revivía recuerdos vívidos de su "yo" anterior que nadie quería seguir reconociendo.

Después de meses de una innecesaria angustia respecto a la boda de Dana, el mero hecho de permanecer en una fila de recepción en la que otros la perdonaban o la abrazaban por lo que era, tuvo un efecto sobrecogedor y liberador en Leah. Si tan solo tuviera un hombre especial con quien compartir su alegría. Contarles a sus amigos de Nueva York este momento de transformación, no tendría el mismo efecto. Quería a alguien a su lado en ese momento, mientras disfrutaba de su gloria y se perdonaba a sí misma.

—¿Quién es ese hombre, mamá? No para de mirarnos. No le conozco del barrio ni del trabajo ni de ningún sitio. ¿Y tú? —dijo Dana girando la cabeza hacia la acera al otro lado de la calle.

Leah miró en esa dirección. El hermoso rostro de aquel hombre era uno que ella había besado muchas veces. Conocía muy bien su amplia sonrisa; se la había dedicado muchas veces. No era un desconocido. Miguel Santiago la observaba allí parado, vestido con su mejor traje. Él era la única persona que quería a su lado aquel día, pero había perdido la esperanza sobre su futuro juntos. Quizá estaba equivocada.

—Me duelen los ojos cuando no te están mirando —dijo, cuando Leah se acercó—. Te amo profundamente, por eso estoy aquí. Respecto a Susan, seguí tu consejo. Están cuidando bien de ella. Hemos roto amistosamente. Leah, ¿podemos pasar el resto de nuestras modestas vidas juntos? Por favor, di que sí. Tengo dos billetes para España en el bolsillo. Uno es para ti —dijo apresuradamente, abrazándola y enterrando el rostro en su cuello. Un ligero temor recorrió su cuerpo, para coincidir con el que recorría el de Leah.

—Pues claro que iré a España contigo. Y si lo deseas, hay una vida esperándonos en Nueva York.

Pero sintió una pequeña duda por haber dicho que sí. Miró a Miguel a los ojos, con más intensidad que nunca antes. Un profundo silencio los envolvió. ¿Eran capaces de renunciar a su pasado? ¿Habían cambiado realmente? ¿Habían completado el proceso de alterar sus vidas permanentemente para estar con una única persona a la que amar de manera incondicional? Sí. Leah creía en ellos de nuevo. Confiaría en que estaba preparado para una intimidad más profunda solo con ella. La alternativa de no estar juntos ya no era aceptable.

—¿Puedo acompañarte a la boda de Dana? —preguntó dulcemente.

—Eres el único hombre que deseo que lo haga —dijo ella, haciendo una reverencia ante su adoradora mirada—. Pero antes, únete a mí en la fila de recepción. Nadie te conoce todavía.

Los invitados a la boda y los curiosos miraban incrédulos a Miguel mientras Leah cruzaba la calle con su brazo enlazado al de él, preparado para unirse a la celebración y a su familia, como uno más de la familia. Ella siempre había sorprendido a todos con lo imprevisto. Rápidamente, Leah se lo presentó a todos, incluida la atónita Rocío, como su antiguo compañero de asiento y el hombre al que amaría para siempre. Además, bailaría con ella el primer baile en la boda de Dana.

www.ingramcontent.com/pod-product-compliance
Lightning Source LLC
Chambersburg PA
CBHW061151170626
46809CB00003B/1049